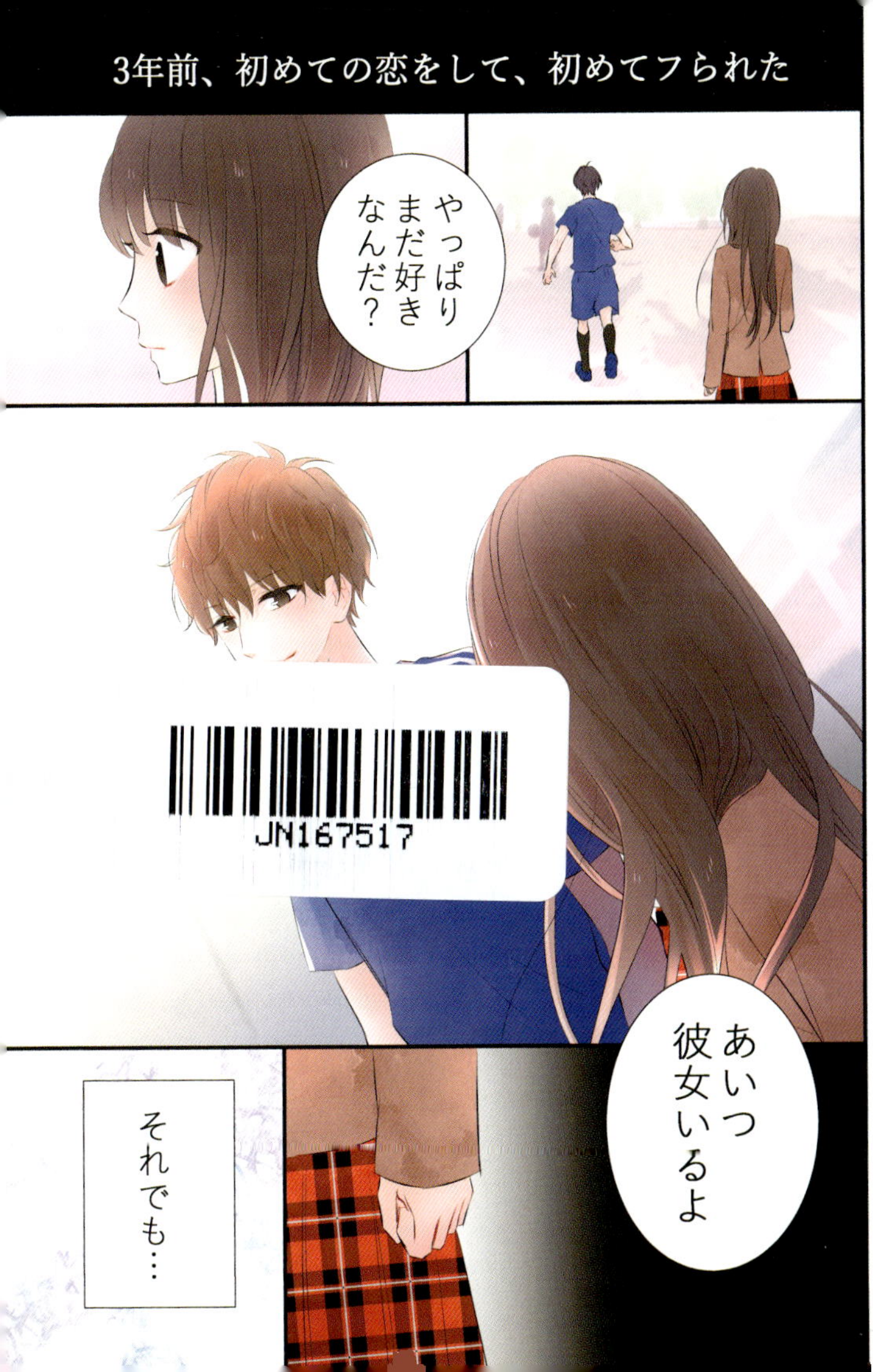
3年前、初めての恋をして、初めてフラれた
やっぱりまだ好きなんだ？
あいつ彼女いるよ
それでも…

忘れられないんだよ
いつまで泣いてんの？
俺と付き合えば
いつでもあいつに会いに来れるよ
……
…は？

どうして
あたしじゃダメなんだろう
あたしがそばにいてほしいのは…
知ってる
何
いつもからかってばっかなのになんで
…俺にしろよ

なんでそんな
切ない声…
一緒にいられる
だけでいいって
言ったけど
やっぱ
プレゼント
ちょうだい
え…
っ……!
気づいて
しまったんだ
この
気持ちは──

野いちご文庫

# ハチミツみたいな恋じゃなくても。

Aki

スターツ出版株式会社

中学三年生の秋、
初めての恋をして、初めてフられた。

それから時は流れて、高校三年生の春。
偶然《ぐうぜん》再会した彼の隣《となり》には、見知らぬ女の子がいた。

わかってる。
どれだけ後悔したって無意味だってことも、
自分がどんどん最低な女になっていくことも。

それでも抑《おさ》えきれない〝好き〟を、どうしたらいいの……?

こんなあたしを抱きしめるのは、彼の……親友。

いつも意地悪ばっかりで、おもしろがってるだけのくせに。
どうして、そんな切ない顔をするの……?

恋は甘くとろけるような、幸せばかりじゃない。
それでも……気づいてしまったら、止められない。
ハチミツみたいな恋じゃなくても。

## 中村《なかむら》 圭太《けいた》

明るい性格と少しチャラい見た目の朝日の親友。昔は優しかったが、再会してからは、意地悪な言動で花音をからかってばかりいる。

## 蜂谷《はちや》 花音《かのん》

ちょっと気が強い美少女で、男の子からモテる。中学のころ、圭太と朝日と同じサッカー部でマネージャーをしていた。他校に通う朝日と再会して、初恋を思い出すけれど…。

## 前原《まえはら》 瞳《ひとみ》

サバサバした性格の花音の親友。恋愛体質なのがたまにキズ。

## 石丸《いしまる》 朝《あさ》日《ひ》

圭太と同じ高校のサッカー部キャプテンで、花音のずっと忘れられない初恋の人。

## 大西《おおにし》 ひかり

お菓子作りが得意な朝日の彼女。花音のことは少し苦手。

藍いろ片想い。

# 久しぶり

「花音《かのん》、お願いっ！」

「……いや」

目の前で両手をピッタリと合わせ、ギュッと目を閉じる友人。

まるで神様にでも頼むような必死な願いを、あたし蜂谷《はちや》花音は、一瞬で断った。

だって……。

「そこをなんとか！　一生、一生のお願いだからっ！」

「それ、前も言ってたし」

「っ……」

バツの悪そうな顔をして、口ごもる友人の名は、前原瞳《まえはらひとみ》。

腰《こし》まである長い髪のあたしとは対照的なショートカット。少しつり目で、かわいいというより美人といった顔立ち。

「もう合コンとか、そういうの行かないって、あたしは決めたの」

頬《ほお》づえをつきながらやや上から目線で言うと、瞳はその猫のような目で恨《うら》めしそうにあたしをにらんだ。

放課後の教室。あたしの前の席に座って向きあう瞳は、高校二年生の時に初めて同じクラスになった、きっと一番仲の良い友達。

基本的にサバサバした性格で変に気を遣《つか》うこともなく、一緒にいてとても楽。

ただ、ひとつ難点なのが……。

「なんでよ……三年になる前までは、付き合ってくれてたじゃん」

「だからー、三年生になったからでしょ？」

窓の外を見れば、遅咲きだった桜の花びらが舞っている。

つい先日、あたしたちは高校三年生になった。

キャメルのブレザージャケットに、赤いチェックのリボンとスカート。うちの学校は、地元ではそれなりに有名なお嬢様校。

進学先もそれなりのレベルを求められる。

だから、三年生になったことだし、そろそろ受験勉強に集中するべき……と、あたしは思っているのだけど。

「なに言ってんの！　三年生になったからこそ、でしょ！」

花の女子高生も、あと一年で終わりなんだから！と、身を乗りだす瞳。

普段《ふだん》はいい友達である瞳のひとつの難点。それはこの、いつでも彼氏募集中な性格。

もはやフリーの時は、「早く彼氏が欲しい」としか言っていない気がする。

「あー……はいはい。瞳は瞳で勝手にすればいいでしょ」

「だからもう、花音の名前出しちゃったんだって」

「そんなの知らないよ」

たとえ親友のお願いだとしても、さすがにこれ以上は付き合ってられない。

そう思ったあたしは、机の横にかけてあるカバンを手に、席を立とうとした。

その瞬間《しゅんかん》だった。

「……高坂《たかさか》高校」

ボソッと口を開いた瞳。

「明日会う人たち、高坂高校の三年の男子だよ？」

「……」

これ以上なにを言われたとしても帰ろうとしていたはずなのに、足が止まった。

だって、その学校には……。

「そっ、そんなの関係ないし！」

瞳がじっとこっちを見つめているのに気づいて、あたしは慌《あわ》てて背中を向けた。

どこの学校の人だって同じ。

彼氏とか出逢《であ》いとか、今はそんなの求めていないんだから。

そう思っていた……はずなのに。

「蜂谷さんウワサどおり！　マジかわいいね！」

「いや、そんなことないです……」

「そんなことあるって！　マジ美少女！」

「あはは……」

やけに陽気な歌声が響《ひび》く狭い空間で、あたしが引きつった笑顔を返すのは、隣に座るさっき会ったばかりのブレザー男子。

瞳と少し言いあった翌日の放課後。

学校から最寄《もよ》りの駅前にあるカラオケボックスに、あたしはいた。

なんで結局こうなってんの……。

自分自身に小さくため息をつきながら、テーブルのアイスティーに手を伸ばす。

少し目線を上げてみれば、とくに意識もしていないのに目が合う男、男、男。

みんながみんなこっちを向いていて、はっきり言って気持ち悪い。

瞳とふたりの女子も、それに気づいたのか合図するように、ひそかに頬を膨《ふく》らませる。

そんな顔をするのなら、最初からあたしを呼ばなきゃよかったじゃん……って、思うけど。

毎回のように呼ばれる意味は、ちゃんとわかっている。

くっきりとした二重《ふたえ》の大きな目に、小さいとうらやましがられる顔。

腰まで伸びたサラサラの長い髪に、今まで一度も悩んだことのない恵まれた体型。

自分で言うのもどうかと思うけど、あたしは人より少し容姿がよくて。おまけにお嬢様校の生徒。

瞳に付き合って一度合コンに参加したら、かわいい子がいたってウワサになったらしい。

だから、あたしは男子を呼ぶための、いわばエサ……ってこと。

「いやあ、いきなり蜂谷さんの隣になれるとか、俺ラッキーだわ」

デヘヘと照れ笑いする同い年の男子に、そうですかと返事するのは、心の中だけ。

こんなふうにチヤホヤされるのも、初めはイヤじゃなかった。

でも、いつの間にかあきたっていうか、くだらないなぁ……って。

何人かと付き合ってみたこともあるけど、本気になれずにすぐ別れてしまった。

そんなだから、勉強に専念するって決めたのに。

まんまと高校名につられたあたしは、バカだなって思う。

あの人は、こんなくだらないことに参加するような人じゃないのに。

少し考えたら、わかることなのに。

それでも……。

隣に座る男子の制服に目を向け、思う。

あの人も同じ、このブレザーを着ているんだなって。

あれから……二年。

少し大人っぽく、見た目も変わっているんだろうか。

……会いたい。

「……さん？　蜂谷さん？」

「えっ」

耳に飛びこんできた声に、ハッと顔を上げると、不思議そうに首をかしげた男子。

「あっ、えとっ、ごめんなさい！」

やばい、制服ガン見しちゃってた。

慌てたあたしはそのまま立ちあがって、「お手洗い、行ってくる」と、部屋からひとり飛びだした。

もう本当になにやってるんだか……。

頭を冷やす……わけにもいかなくて、代わりに水道水を手に流しながら、本日二回目の自分へのため息。
『会いたい』なんて、今さらなにを思っているんだろう。
……ううん。今さらっていうか、いまだにのほうが正しい。
とにかく、ダメだ。
キュッと蛇口を閉めて、ペーパータオルで手をふく。
そしてすぐに、ポケットからスマホを取りだした。
【役目は果たしたので、先に帰ります】
送信先はもちろん瞳。
飛びだした勢《いきお》いで、カバンを持ってきていてよかった。
だって気づかれたら、きっと連れ戻される。
それがわかっているから、あたしは足早にカラオケボックスをあとにした。
それからすぐのことだった。スマホがブルブルと震えたのは。
なんだかんだ言いながらも、参加するのを選んだのはあたし。
だから突然こうして逃げだしてきたことに、少なからず罪悪感は感じている。
でも、それよりも……。
あの場所にいつづけることのほうが、怖かった。
あのままあそこにいたら、彼のこと『知ってる？』って、聞いてしまっていた。

……うん、ダメダメ、そんなの。

過去のことはもう気にしないって決めたんだから。

あきらめるって、決めたんだから。

瞳にはあとから謝ろう。

そう思い直して、震えつづけるスマホを無視して歩きだす。

とはいえ、せっかく駅前に来たのだし、少し寄り道でもして帰ろうかと、本屋へ足を向けた時だった。

ふと、目にとまった人。

すらっと高い背に、長くも短くもない黒い髪。

女子校通いのあたしにはあまり見慣れない、ブレザーを着た男子のうしろ姿。

「……」

見知らぬ人のはずなのに、あたしの身体は固まっていた。

……いや、違う。

本当は心当たりがあった。

だから今、あたしは呼吸できずにいて――。

ドクンドクンと、大きくなる鼓動《こどう》。吐《は》き気さえこみあげてきそうな緊張のなか、目をそらすこともできない。

まさか……まさか、本当に？

じっと見つめていると、彼の身体が少し動いた。その瞬間見えた……横顔。

「っ……」

なんでって思った。だって、こんな偶然なんてある？

顔が目に入った瞬間、〝もしかして〟は確信に変わった。

最後に会ってから、二年。だけど、一瞬でわかった。

もともと高かった背はさらに伸びて、顔立ちも少し大人びていたけど、それはまぎれもなく〝彼〟だった。

ど、どうしよう……。

やっと呼吸ができるようになったけど、胸の鼓動はさっきよりもずいぶん速い。

あたしが会いたいって思ったから？

だから神様が引きあわせてくれたの？

そう思ったら、足は自然と彼のほうへと向いていた。

声をかけたら、どんな顔するだろう。

あたしのこと、覚えてくれている？

そんな期待と不安が入り混《ま》ざりながら、

「いしまっ……」

〝石丸《いしまる》くん〟って、彼の名前を呼ぼうとした。だけどそれは、最後まで言葉にすることはできなかった。だって……。

「朝日《あさひ》、ごめんっ！」

そう言って突然、彼の隣に現れた女の子。

彼がはいているパンツと同じ、紺色チェックのスカート。

ドクンッと心臓が、強く跳ねた。思わず一歩、あとずさりする。

な、なにしてんのあたし……。

あの人は、ただの友達かもしれないじゃん。

うん、そうだ、そうだよね……って、思い直そうとしたのもつかの間。

気づいてしまった、彼の表情。

謝る女の子に「はぁ……」と、あきれるようなため息をつきながら……微笑《ほほえ》んだ。

今まで見たことがないくらい、とても優しい顔をして。


石丸くん、石丸朝日。

それは、あたしが初めて好きになった人。

彼のことを知ったのは、中学一年生の時。

女友達に誘われるようにして、入部したサッカー部。あたしはマネージャーで、彼は新入部員のひとりだった。

同じ学年だったから、顔を合わせれば少し話すことはあったけど、初めはとくになんとも思っていなかった。周りのほかの男子たちと、なんら変わらなかった。

その気持ちが少し変わったのは、中学二年生の時のこと。

一年前までは、女子とさほど変わらなかった身長が、いつの間にかグンと伸びて。

身体つきも、顔つきも、なんだか大人っぽくなった石丸くんは、自然と女子からモテるようになっていた。

そしてそれは、あたしも。

十四歳、十五歳の頃って、恋とかそういうのに目覚める時期なのかもしれない。

よくわからないけど気づいたら、男子に『かわいい』ってほめられることが増えて、告白されることも自然と増えていった。

たいして知らないクラスメートに好きだと告げられた直後、同じように告白を受ける彼の姿を見かけたこともあった。

そして、聞こえた返事は『ごめん』で。

あたしと石丸くん、一緒だと思った。

似てる……って、離れた場所からぼんやりと思った。

一方的に抱いた仲間意識。それを直接彼に言うことはなかったけど、思えばこの時から少し、彼が特別な存在になっていたのかもしれない。

そして、それが決定的になったのは……その年の冬。

クラスメートの誰かが想いを寄せる人に、告白された。そんな、あたしにしては
ささやかな出来事《できごと》をきっかけに、女子から無視されるようになっていた。

でも、全員が全員というわけじゃなくて、変わらず親しくしてくれる友人もいた。

だからそれほど、気に病んではいなかったのだけど……。

『ほんと、ムカつくんだけど！　蜂谷花音！』

『調子乗ってるよねー』

冬のとある日の放課後。

一度は部室に向かったものの、机の上に手袋を置き忘れたのを思い出して、教室へと戻った。すると、すっかり人の少なくなった教室で繰りひろげられていたのは、あたしへの悪口大会。

はぁ……まいった。

閉められた引き戸の横に立ち、小さくため息をつく。

『ぶりっ子しすぎだっつーの！』

『男の前だと態度違うよねー！』

本人に聞かれているとも知らず、エスカレートしていく内容。

これじゃ入るに入れない。
『あいつなんなの？　お姫さまですか』
『違うって、女王蜂さまだって！』
キャハハと広がる笑い声。
――女王蜂。
蜂谷っていう苗字《みょうじ》のせいで、陰《かげ》ながらそんなあだ名がつけられていた。
給食でハチミツが出れば、クスクスとこっちを見て笑われたり。
気にしていない……つもりだったけど。
さすがに少しはダメージ受けるっていうか、なんというか……。
自分の名前が少しだけ、嫌いになっちゃいそうだった。
……寒いけど、手袋はもういいか。
そう思い直して、壁にあずけた背中を離そうとした……その時。
『なにしてんの？』
あたしに声をかけてきたのは石丸くん。
『あ……ちょっと手袋忘れてきちゃって』
何気《なにげ》なく答えると、彼は不思議そうな顔をした。
それもそのはず、だったらなんで教室に入らないの？って、思うよね。

『あっ、えっとね』

なんとか言い直そうとしたけど、それより早く石丸くんはあたしの前を横切って、遠慮もなくガラガラッと、教室の扉を開けた。

『え……』

石丸くんのクラスは隣。なのにどうして……と、驚いたのはあたしだけじゃなかったらしく、さっきまで騒《さわ》がしかった室内は、しんと静まり返った。

どうしたんだろうと、中をのぞきこもうとした瞬間、石丸くんは教室から出てきた。

そして……。

『……はい』

『え？』

『ほら』

早くといわんばかりにうながす声に、あたしはわけもわからず手を差しだした。

すると、手のひらに載《の》せられたのは、淡《あわ》いピンク色の手袋と……ひとつのあめ玉。

『これ……』

あめ玉は、あたしが置き忘れたものではなかった。

もしかしたら、教室にいるあの子たちの嫌がらせかもと、一瞬思ってしまったのは、そのあめ玉が「ハチミツレモン味」だったから。

かわいくデフォルメされた蜂とレモンのイラストが一緒に描かれた、全体的に黄色のパッケージ。

だけどそれは、嫌がらせなんかじゃなかった。

『嫌い？』

『え？』

『ハチミツ』

『う、ううんっ……』

聞かれて、とっさに首を横に振る。深く考える余裕なんてなかった。すると、

『じゃあ、あげる』

言ったのは石丸くん。

『え？』って、もう一度あたしが声をあげた時、彼はすでに背を向けていた。

あたしが〝女王蜂〟なんて呼ばれていたのを、知っていたのかはわからない。

ましてやそれを気にしているなんて、彼が気づいていたとは思えない。

たまたま持っていたのが、ハチミツレモンのあめ玉だった。

ただの偶然……そう考えたほうが、しっくりくるのに。

『嫌い？　ハチミツ』

『う、ううんっ……』

あたしが否定した時、普段あまり笑顔を見せない彼が、微笑んだような気がした。

よかった……って、言わんばかりに。

だから、あたしには偶然じゃなかった。手のひらに載っけられた手袋が、温かくて。

その上のあめ玉が、胸の奥をキュッと締めつけ、熱くした。

中学二年生。恋に落ちるには、充分な出来事だった。


「へぇー。それで声もかけずに逃げちゃったの？　せっかく再会できたのに？」

「……」

瞳の言葉に下唇《くちびる》をかむ、朝。教室の片隅で、向かいあって座ったその顔をムッとにらむ。

昨日、突然カラオケボックスを出ていった代償《だいしょう》に、あれから起こったことを素直に話したのだけど……やっぱり言わなければよかった。

「ねぇ、なんで逃げちゃったのぉー？」

頬づえをついて顔をそらせば、ゆさゆさと肩を揺《ゆ》すられる。

「だから……彼女と一緒だったって言ってんじゃん！」

つい大きくなってしまった声に、瞳はキョトンとする。

ひとりだったら、あたしだって声をかけていた。でも……。

「っ……」

瞳に目を向ければ、まるで意味がわからないといった表情。

そんな顔をされたら、なんだかこっちのバツが悪くなる。

瞳とは通っていた中学は違うけど、好きな人がいたことは話していた。だから、もっと話がスムーズに進むと、気持ちを理解してくれると思っていたのに。

もういいよ……って、再び顔をそらそうとした時だった。

「その彼女、かわいかった？」

「は？」

「顔、かわいかったの？」

「……」

思いがけない質問に、今度はこっちがキョトンとする。

顔……って。

昨日見た光景を思い出してみるけど、浮かぶのは少し大人びた石丸くんの顔と、彼女であろう人のうしろ姿だけ。

「そこまでは見えなかったけど……」

あたしがそう返事すると、「じゃあ！」と瞳は声を弾《はず》ませた。そして、

「奪《うば》っちゃえばいいじゃん！　その彼女から！」

ナイスアイディアとばかりに、両手をパンッと合わせる瞳。あたしは「は……？」と、眉《まゆ》を寄せる。

だって、意味わかんない。いきなり『奪っちゃえばいい』なんて。

いぶかしむような目で見つめると、瞳のほうこそ『なんで？』という顔をして、こう続けた。

「私ね、花音って性格はあれだけど、顔はなかなかかわいいと思うの」

性格はあれ……って、ほめる気あるのだろうか。

あたしは思わず首をかしげるけれど、瞳は気にせず体を前のめりに近づけてきて、

「だから、花音がその気になれば、落ちない男なんかいないって」

「……」

ポカンとするあたしに、「ね？」と微笑む瞳。心なしか、媚《こ》びるようにも見える表情。

さてはなにか企《たくら》んでるな……。

「あー……ありがと」

勘《かん》づいたあたしは、あしらうように言って目線を瞳から外した。

「うわー。信じてくれてないし！」

「信じてる信じてる」

「ウソだ！　二回繰り返した！」

「信じてる信じてる信じてる」

「もー！　花音っ‼」

声を荒《あら》らげられて、何気なしに瞳に再び目を向けた。すると目の前の瞳は、いつになく真面目《まじめ》な表情をあたしに向けていて……。

「花音はそれでいいの？　ずっと忘れられなかったんでしょ？　ほかの人じゃダメだったんでしょ？」

「え、どうしたの瞳。らしくな……」

「せっかく会えたのに、このまま黙ってあきらめちゃって、本当にいいの？」

あたしを見つめるまっすぐな視線が、突き刺さるように痛い。

瞳の言うとおり、たしかにずっと忘れられなかった。

誰と付き合っても、どんなにカッコいい人が隣にいても、彼以上に想うことなんてできなかった。だから、『それでいいの？』なんて聞かれたら……。

「それは……あたしとしてはよくない、けど……」

でも、彼には彼女がいるのだし、今さらどうにもならない。

それにあの石丸くんが選んだ人。奪うことなんて、きっとかなわない。

そしてなによりあたしは……。

「あたしは一度……」

できるなら、思い出したくない過去。ためらいがちに、鍵をかけた記憶の扉を開けようとした時だった。

瞳はあたしが言うよりも早く、頬づえをついていたあたしの手を取って。

「今日の放課後、行ってみよ！　会いに行ってみようよ！」

「……へ？」

予想もしなかった提案に、あたしは呆気《あっけ》にとられて口を開けた。


「あっ！　リョウくーん！」

初めて立つ校門の前で、ブンブンと大きく手を振る瞳。

あたしとしゃべる時とは違う、ワントーン高くなった猫なで声に、そういうことか……と小さくため息をついた。

放課後、授業が終わってすぐ。腕をひっぱられるようにして瞳に連れてこられた先は、高坂高校。

ここへたどりつくまでは、『花音のためなんだから！』とかなんとか、言っていたけれど……。

「ごめん、待たせた？」

「ううん、全然《ぜんぜん》！」

校舎から出てきた男子に、にっこりと微笑む瞳は猫かぶりモード。

見るからにチャラそうな男子は、昨日の合コンにいたメンバーのひとり。

あたしのため……なんていうのは建前《たてまえ》で、結局はそういうことですか。

キャッキャと〝リョウくん〟と話す瞳を、うしろから冷めた目で見つめる。

まぁ……なんとなく予想はしていた。

てゆーか、あたしがついてこなくても、充分いい雰囲気《ふんいき》じゃん。

「瞳、悪いけど……」

先に帰らせてもらおうと、肩に手をかけて伝えようとしたけれど。

「あ、ごめん。石丸……だったよね」

「え？」

確かめるかのように言われた名前に、呆然《ぼうぜん》とする。

なんのことだか理解できていないあたしを置いて、「そうそう」と返事したのは瞳。

「呼んできてくれた？」

「いや、俺クラス同じになったことなくてさ。石丸ってやつのこと、あんまり知らなくて。代わりに同じサッカー部のやつを呼んでる」

あ……石丸くん、今もまだサッカーやってるんだ……。

なんて、少しうれしい気持ちになったのは一瞬。

……ちょっと待って。『呼んできてくれた？』って、いったいどういうこと？

「ちょっと瞳、なに勝手なことしてんの⁉」

イヤな予感がして、腕をつかんでこっちに向かせる。

「え？　勝手なことってなんでしょう？」

「もう、瞳っ！」

頬に人差し指を当て、とぼけようとする瞳。

そうはさせないと、声を荒らげたのと同じタイミングだった。

「おーい、中村《なかむら》こっちー」

〝リョウくん〟と呼ばれていた男子が、誰かに向かって声をかけた。その瞬間、瞳をとがめていたあたしの身体から力が抜ける。

『中村』なんてよくある名前。だけど、石丸くんと同じサッカー部……それには、心当たりがひとりいた。

もしかして、もしかしてと思いながら、視線をゆっくりと向ける。すると、

「久しぶり、蜂谷さん」

「圭太《けいた》くんっ！」

あたしの心当たりは、見事に的中していた。

にっこりと微笑んだその人は、あたしの知っている『中村』だった。

中村圭太。同じ中学で、同じくサッカー部の部員。

そして……石丸くんの親友といえる存在。

マネージャーとして入部したあたしに、『圭太って呼んで』と、まっ先に声をかけてきてくれたのが彼だったけど……。

「なんか、高校生になってますますチャラくなった？」

染めているのか、少し茶色がかった髪。中学の時とはデザインの違う、だけどどこか懐《なつ》かしいユニフォーム姿を見て、あたしが小さく苦笑すると、

「蜂谷さんは、すっげー大人っぽくなったね」

ほんの少し驚いた表情をして言われた。

〝大人っぽくなった〟

昔を知る人のほめ言葉に、うれしいような恥ずかしいような、くすぐったい気持ちになる。でも、そんな呑気《のんき》な感情は、すぐに吹き飛ばされた。

「それで……朝日に用事があるんだっけ？」

「っ……」

圭太くんの問いかけに、ドキッと心臓が跳ねる。

「いや、別に用事ってわけじゃ……」

「用事です！　会わせてください！」

「ちょっと！」

急にあたしたちの会話に割りこんで、手を挙《あ》げたのは瞳。

圭太くんはキョトンとしたあとに、なにか確かめるようにこっちに目を向けるから、
反射的に視線をそらしてしまった。

だけど、この行動こそがまちがいだった。

「……いいよ」

「えっ⁉」

聞こえてきた返事に、驚いたあたしの声と、うれしそうに弾む瞳の声が重なる。

「なに？　瞳ちゃんって実は、石丸ってやつ狙いだったわけ？」

さっきまでとは打って変わって不機嫌《ふきげん》になった、リョウくんの声。それに慌てて、
瞳がブンブンと首を横に振る。

それまでのいろんな仕打ちに、『そうだよ』って冗談でも言ってやりたいところ
だったけど、そんな余裕もなかった。

……圭太くんの視線がずっとあたしに向いていることに、気づいていたから。

「蜂谷さんは部活とかやってないの？」

「あたしは高校に入ってからはなにも……」

「へーぇ」

「……」

どうして？　なんでなにも言ってこないの……？

けっして口には出さないけど、そんな疑問を抱きながら、案内されるがままに圭太くんの隣を歩く。

あたしたちはほかの学校の制服を着た、まったくの部外者。周りからはビシビシと痛いくらいに好奇《こうき》の視線を感じるけれど、今のあたしには気にならない。

知らない人の目なんかよりも、ずっとずっと気になるのは、隣を歩く人が考えていること。

だって……なんとも思わないわけがない。あたしが石丸くんに会いにきたって聞いて、なにも考えないはずがない。

なぜなら圭太くんは、あたしが石丸くんに想いを寄せていたことを知っている。

……そして、それだけじゃない。圭太くんは――。

「なに？　なにかついてる？」

「あっ、ううん……」

無意識のうちに顔を見つめていたらしく、あたしはパッと顔をそらす。

なにか聞かれても困るけど、なにも言われないのも怖《こわ》い。だけど、瞳たちがかたわらにいる手前《てまえ》、自分からは下手なことを言えない……。

あたしは仕方なく、黙って圭太くんのあとを追った。そして、しばらくそのまま歩いて、圭太くんが足を止めた場所。

それは、端《はし》と端にサッカーゴールが設置された、グラウンド。

うちの学校にだって、サッカー部は存在していて、ゴールくらいある。でも、女子校ということもあって、それほど立派な敷地《しきち》は与えられていない。

だから、野球部の隣に併設《へいせつ》された、広い敷地はまぶしくて……。

「わぁ……懐かしい」

思わず声をあげていた。

思い出すのはもちろん、中学生だった頃。

授業を終えたあとだとは思えないくらい元気に声を出して、真剣にボールを追い、グラウンドを駆《か》けていた男子たちの一生懸命な姿。

そのなかでも、とくに鮮明《せんめい》に記憶に残っている、それは――。

「圭太っ！」

その人のことを、まさに考えていた瞬間だった。

聞きおぼえのある声が、あたしの隣に立った人の名前を呼んだ。

圭太くんと一緒に、あたしも振り返る。

そこにいたのはまぎれもなく……石丸くん。

圭太くんと同じ、サッカー部のユニフォーム。黒い髪がふわっと風に揺れる。

「圭太、おまえ今日……」

中学の頃と変わらない。親しさと比例して、けだるそうに話しかける声。

でもそれは、そのまま途中で止まった。

驚いたように目を見開いて。その瞳に映っているのは、あたし。

「蜂谷……？」

「っ……」

二年ぶりに名前を呼んでもらえた。

たったそれだけのことなのに、胸の奥がカッと熱くなって苦しくなる。

「あ、えっと……久しぶり」

なんとか冷静を装《よそお》って、笑顔で挨拶《あいさつ》するけど……全然笑えている気がしない。

対する石丸くんはいまだ驚いた表情のままで。

「久しぶり……っていうか、なんでここに？」

「……」

当然の質問。他校のあたしが、どうしてこんなところにいるのか。

本当のことなんて、言えるわけがない。

「朝日に会いにきたんだって」

そう。素直に会いにきましたなんて、さすがに言えるわけがない……って、え？

自分のものじゃない声に、驚いて隣を見た。言ったのは、圭太くん。

「そ！　そんなことっ……」

「なーんて、冗談。久しぶりにサッカーの練習が見たくなったんだってさ」

あたしが否定する前に、訂正された。

「へー……そうなの？」

「あ、うん……」

「だから、部長のおまえに許可取り！　見学してもいいかだって」

圭太くんがリードしてくれて話が進む。正直、うまい理由なんて考えていなかったから、助けられたところはたしかにあった。でも……。

「べつに俺はかまわないけど……。先生に確認取ってみるわ」

「おう、サンキュー」

「あっ……」

ごめんと謝るヒマもなく、背を向ける石丸くん。

あたしは伸ばしかけた手を、グッと戻して、圭太くんに目を向けた。すると、

「やっぱりまだ好きなんだ?」

少しバカにするみたいに、微笑を浮かべながら言われた。

決定的で図星なその発言に、ドキッとしながらも、ほんの少しホッとした。

やっぱりそう思っていたんだって、圭太くんの心の中が、やっとわかったから。

だけど、あたしが返事をするよりも先に、彼が続けた。

「あいつ、彼女いるよ」

## つりあってないと思っただけ

『会えなくて残念だったねー』

高坂高校からの帰り道、瞳が言った。その言葉を、制服のまま身を投げたベッドの上で思い出す。

誰に……っていうのは、石丸くんの〝彼女〟。

きっと、マネージャーのひとりだと思っていた。だけど続々とグラウンドに集まる人の中に、昨日見たうしろ姿を見つけることは、できなかった。

「……」

べつに瞳が言っていたみたいに、自分よりかわいいかどうか、確かめてやろうと思っていたわけじゃない。

だけど今、すごく心の中がモヤモヤして、イヤな気分なのは……圭太くんのせい。

『残念ながら、蜂谷さんの入りこむ隙《すき》はもうないよ』

あたしはなんにも言っていないのに、そう圭太くんは鼻で笑った。

なんなの、あの態度……。圭太くんって、あんなに意地悪な人だった？

ベッドの脇のクッションを抱き枕代わりにして、ゴロンと横に寝がえりをうつ。

久しぶりに石丸くんに会ったあたしの態度は、わかりやすかったのかもしれない。

実際、『まだ好きなんだ?』と言われて、言葉を失ってしまったわけだし。

それでも……。

あんな言い方って、ないと思うんだけど。

思い出して、眉間《みけん》にしわを寄せる。本当ならこの表情、そのまま圭太くんにぶつけてやりたかった。

だけど、自分の言いたいことだけ言って、『じゃあ俺も行かなきゃだから』と、逃げられてしまった。

ほんとムカつく。人のことをバカにして。

でも、こんなにイラ立っているのは……まだ石丸くんのことを好きだから。

なんとも思っていなければ、圭太くんの言葉をこんなに引きずったりしない。今もまだ好きだから、入りこむ隙はないと言われて、ショックを受けている。

圭太くんが言うくらい、ふたりは相思相愛《そうしそうあい》なの……?

昨日見た光景が、優しく微笑んだ石丸くんの顔が、それを否定しない。

でも……でも。まだ好きだって、思ってしまった。

まぶたをぎゅっと閉じれば、浮かぶのは今日の練習中の姿。

キャプテンとして指示を出し、ボールを追いかけ操《あやつ》る姿は、中学とは比べものにならないほど、カッコよかった。

ただ単に顔がいいだけの、チャラチャラした軽い男子たちとは違う。

今さらもう遅いって、あたしじゃダメなんだって、頭ではわかっているけど……。

「……っ」

ぎゅうっとクッションを抱きしめる力が、自然と強くなる。

本当にあたしじゃダメ……なの？

あたしを見た時、石丸くんはひどく驚いた顔をした。いるわけのない存在がそこにいたんだから、それはもっともな反応なのかもしれない。

だけど、ビックリした……それだけじゃない気がしている。

『花音がその気になれば、落ちない男なんかいないって！』

『奪っちゃえばいいじゃん！　その彼女から！』

……そんなこと、できるわけない。

だって、あたしはもう……一度フラれているんだから。

三年近く経とうとする今でも、記憶から消えてくれない。

『ごめん』と顔を伏せた、石丸くんの姿。

だから、あたしじゃダメだっていうのは、自分が一番よくわかっている。

それなのに……どうしてだろう。

瞳の言葉と、あたしを見て驚いた石丸くんの顔が、頭の中でグルグル回って離れてくれないのは——。


「……瞳」

翌日。一限目の授業が終わったあと、あたしは瞳の席の前に立っていた。

休み時間とか放課後とか、雑談のために近寄ってくるのは、だいたいいつも瞳のほう。なのに、めずらしく自分から進んできたあたしを見て、瞳はすべてお見とおしとばかりに、ハハンと微笑を浮かべる。

なにも語らず、目だけで訴《うった》えてくるその表情。

「めっちゃイヤな感じなんだけど」

素直に思ったことを口に出すと、「そんなこと言っていいの？」と、にっこり笑顔で返された。

いつもと逆転した立場に、つい強がってしまいそうになるけど……。

「あの……さ、今日の放課後は会いに行ったりしないの？」

「誰に？」

「え。えっと、名前なんだったっけ？　昨日の……」

あのカラオケをきっかけに、瞳と仲良くなっていた男子。

必死に名前を思い出そうとしていると、「ぷっ」と瞳が吹きだした。

「やめてよ、私に付き合ってあげるっていう態度。素直についてきてって言えばいいじゃん」

「なっ……！」

「ホント素直じゃないよねー。会いに行きたいんでしょ？」

見透かされていること、わかってはいたけど。こうして上から目線で言われると、やっぱりちょっとムカつく。

でも、瞳の言っていることはまちがってはいない。

「……ついてきて」

「やんっ、花音ちゃんかわいい～！」

悔しさとか、恥ずかしさとかを押し殺して言うと、瞳は立ちあがってあたしの頭をくしゃくしゃとなでた。

もう、なんなのこれ……。

わざわざこんなことをしなくても、ひとりで行けばいいのかもしれない。だけど、それは昨日できなくなった。

なぜなら、石丸くんが連れてきたサッカー部の顧問《こもん》の先生に、あたしたちはとっさに瞳の弟がこの学校を志望していて見学に来た……と、言ってしまったから。

もちろん瞳には弟なんかいなくて、それはまっ赤なウソ……なんだけど。

そんな少し厄介《やっかい》な経緯があるから、瞳が一緒じゃないと行きづらい。それをわかっているから、弱みを握《にぎ》っているという感じで、ここぞとばかりに瞳は強気。

「うんうん、いいじゃん。高校生なのも今のうち！　青春を謳歌《おうか》すべきだと思うよー」

ポンポンと、あたしの肩を軽く叩《たた》く。

「言っておくけど、彼とどうにかなろうとか思ってるわけじゃないから」

勘違いされている気がして、あたしは重い口を開いた。すると、「え？」と瞳は首をかしげる。

……やっぱり。

はぁ、と小さくため息をついてから、言葉を続けた。

「あきらめるため、だよ」

中途半端《ちゅうとはんぱ》に会ってしまったせいで、石丸くんが頭の中から消えてくれない。

だから、もう一度会いたいと思った。今度は『あきらめる』って、心の中で誓って。

「……」

「なに？」

さっきとは打って変わって、神妙《しんみょう》とも言える面《おも》もちで、あたしを見つめる瞳。

「まぁ……いいや」

なにか言いたげな様子だったけど、瞳はそのままイスに腰をおろした。そして、

「とりあえず今日は付き合ってあげる。だけど、もしリョウくんとうまくいかなかったら、また付き合ってよね？」

にんまりと、いやらしい笑顔をあたしに向けた。


……なんだかんだ言って、ちゃっかり約束してたんじゃん。

心の中でそうつぶやきながら、あきれたため息をもらしたのは、高坂高校の校門の前。

そこには昨日と同じく、リョウくんの姿があって、うれしそうに手を振りながら駆けよる瞳がいた。

やられた……って思いながらも、瞳を責《せ》めることをしなかったのは、どのみち付き合わせてしまうことに変わりはないから。

本当だったら、今日はふたりでどこかに出かける予定だったのかもしれない。

うっすらと事情を把握《はあく》しているリョウくんに、「今日もすみません」と謝ったあと、瞳に「ありがとう」と小さく伝えた。すると瞳は、「ま、わたしにはプラスにしかな

らないし？」と、彼にバレないようにこっそり笑った。

たまに強引で自分勝手で、うんざりすることもある。だけどそれでも友達なのは、それがお互いさまだから。

素直な心の内《うち》を話せる貴重な存在。瞳がいなかったら、あたしはきっと困る。

「じゃ、行こっか」

リョウくんの言葉にうなずいて、あたしたちは敷地の中に足を踏みいれた。

昨日も通った道を歩きながら、心の準備をする。これから石丸くんに会う、準備。

それから、これできっぱり彼のことを忘れるという、心構え——。

昨日と同じく、いろんな人の視線を浴びながらたどりついたグラウンドには、もうすでに彼の姿があった。

部長って言っていたっけ……。

三年で、一番先輩という立場なのに、誰よりも早く来て準備をしている。

ボールの入ったカゴをひっぱる、その姿を見てふっと笑みをこぼしたあと、

「石丸くん！」

あたしは彼の名前を、彼に届くように大きな声で呼んだ。

こっちに目を向けた石丸くんは、当然驚いた顔をする。だけど、すぐに駆けよって来てくれて……。

「今日も見学？」

今から説明しようと思っていたことを、先に察してくれた。

あたしは「うん」とうなずいてから、

「二日続けてとか、さすがにダメだった？」

ほんの少し緊張しながら尋ねた。

ダメって言われたらどうしよう。それに、また先生に確認とか、面倒なことをさせてしまったら……なんて今さらながら不安に思っていると、

「ん、大丈夫」

石丸くんは小さく微笑んで、返事をしてくれた。

その瞬間、ドキッと胸の鼓動が跳ねる。

ダメ……だよ。あきらめるって、決めてきたはずなのに。

不意に見せられた笑顔に、決心が鈍ってしまいそうになる。

……ううん。あたしの心はもう、グラグラと揺れ動いてしまっていて。

「蜂谷？」

ただ、彼を見つめるあたし。

様子がおかしいと気づかれてしまったのか、思わず口ごもってしまった時だった。

「まーた今日も来てたんだ？」

聞こえた声と一緒に、ズンッと突然、頭が重たくなって。

振り返ってみると、あたしの頭を押さえてうしろに立っていたのは、

「け……」

圭太くん……と、もうひとり。

青いリボンに紺色チェックのスカート。この学校の制服を着た、女の子が立っていた。

「……」

その子とふたりして、目を見開く。

彼女が考えていることはわからない。だって、あたしたちは初対面。

だけど……知っているような気がした。

うしろ姿しか見ていないはずなのに、この子が誰なのか。

たぶん、きっと、この人は……。

「ほら朝日、紹介してやれって」

言葉が出てこないあたしたちを見て言ったのは、圭太くん。

「あぁ、ごめん。こっち、同じ学年の大西《おおにし》で……。こっちは中学の時、マネージャーやってた蜂谷。それから……」

「花音の友達の前原です」

ペコッと頭を下げる瞳。

すると、大西さんも頭を下げて。あたしもつられるみたいにおじぎする。

「前原さんの弟が今年受験らしくてさ。サッカーやってるから偵察《ていさつ》に来たんだって」

「へー……そうなんですか」

あたしたちに目を向けながら、石丸くんの言葉に相《あい》づちを打つ大西さん。

顔こそ笑っているけれど、なんとなく曇《くも》った表情にも見える。すると、

「朝日ー。ちゃんと大西さんのこと紹介しろよ」

「わっ！」

ポンッと圭太くんに背中を押されたみたいで、大西さんはあたしたちに一歩近づいた。

無造作《むぞうさ》に伸ばされた、肩より少し長い髪が揺れる。

「ちょっと中村くん！」

圭太くんに怒りながら、みるみる顔を赤くする大西さん。石丸くんはというと、ほんの少し気まずそうな顔をしていて。

それがどうしてなのかは、言われなくてもわかった。

中学生の頃、あたしが石丸くんに告白して……フられているからだ。

あたしは誰にも気づかれないようにフッと笑う。

やめてよ……。そんな顔しないでよ。

自分が負けたみたいで、すごくみじめに感じる。

「……あ。もしかして、彼女さん？」

満面の笑みを浮かべ、わざと。自分から声をかけた。

まるで、まったく気にしていませんという態度は、あたしの精いっぱいの強がり。

さすがにそれには気づかない石丸くんは、やっと「あぁ」と短くうなずいた。

大西さんはさっきよりもいっそう、だけどうれしそうに顔を赤らめる。

「石丸くんにも、とうとう彼女ができちゃったかぁー」

なんでこんな笑ってるんだろう。全然楽しくないのに。

そんなあたしに「蜂谷さんは？」と、話を振ってきたのは圭太くん。

「あたしは今、そういうのは全然……」

「でも花音、すっごくモテるんですよ！　放課後とか校門の前で待ってる人までいるし！」

「ちょ、瞳……」

両肩の上にポンッと手を載せられ、少し盛られた話にビックリする。

振り返って瞳に目を向ければ、『行け行け！』と言わんばかりの表情。応援してくれているのはわかるけど、そんなにあおられても困る。

「大西さんは……マネージャーとかですか？」

自分のことから話をそらしたい一心《いっしん》で、あたしは彼女に話を振ってみる。

「いや、マネージャーではなくて」

「そういえばなんの用？」

答えようとした大西さんに、口をはさんで問いかけたのは石丸くん。

「なんの用って……部活行く前にちょっと待っててって言ってたじゃん！」

「あー……そうだったっけ？」

「そうだよ！　また忘れてるっ！」

プーッと、大西さんは頬を膨らませて、

「これ。昨日作ったから」

片手に持っていた小さな袋を、石丸くんに差しだした。

袋の中身がなんなのか、知る由《よし》もない。

だけど、ただひとつわかるのは……ふたりの仲がとてもよさそうだということ。

「え、大丈夫かよ」と、いったん不審《ふしん》そうな顔をしながらも、石丸くんはすぐに「サンキュ」と、返事をしていて。大西さんも満足気にうなずいた。

石丸くんはいったい、大西さんのどこを好きになったんだろう……。

目の前の彼女を、あたしはボーッと見つめる。

身長はあたしよりも少し低くて、一六〇センチあるかないかというところか。体型は太ってはいないけど、痩《や》せているともいえない。

胸も大きくはなくて、顔も特別かわいいというわけじゃない。

石丸くんたちと話す雰囲気から、人懐《ひとなつ》こく明るいだろう性格であることはわかるけど、いまいちパッとしない。

膝《ひざ》より少し短いスカート丈《たけ》も、セミロングの髪形も、本当にどこにでもいそうな平均的な女の子。たいした特徴も見つからない……普通の子。

どうしてこの子なんだろう。

渡した紙袋に、なにか彼を惹《ひ》きつける秘密でもあるのだろうか。

もし、そうだとしても……。

「……似合わないよ」

「え？」

小さくもれた言葉。

ハッとして目の前を見ると、大西さんがこっちを向いていて。

「あ、ううん！　なんでも……」

あたしはすぐさま、ごまかそうとした。でも、少し不安そうな表情になった大西さんを見て……聞こえちゃってもいいいと思った。

だって、本当に似合わない。

石丸くんは中学の時よりも、ずっとずっとカッコよくなってる。そこらへんのアイドルにだって負けてないと思う。

それなのに……彼女が〝これ〟って。

すごく最低なことを考えているという自覚はあった。だけど、幸せそうに微笑むふたりを目の前に、負《ふ》の感情が止まらない。

もっとかわいい子だったらよかったのに。

そしたら、あっさりあきらめられたかもしれないのに。

こんな子に奪われてしまったなんて悔しい。

石丸くんの隣は、きっとあたしのほうが似合うのに――。

「じゃあ……ごめん。俺、そろそろ戻るから」

大西さんはともかく、石丸くんには聞こえなかったみたい。

彼が気にかけているほうへと目を向ければ、サッカー部の部員が続々とグラウンドに出てきていた。

「あ、うん」

先にうなずいたのは大西さん。あたしも続けてうなずこうとする……けど、

「……待って！」

背を向けようとした石丸くんの腕をつかんで、あたしはとっさに呼びとめた。

「え……」

少し驚いた表情に緊張する。でも、このまま終わりなんてイヤ。

あたしはやっぱり……あきらめたくなんかない。

「ちょっと、待って」

あたしは改めてそう告《つ》げて、つかんだ手を離すと、肩に下げていたカバンからペンケースを取りだした。そして切り取ったメモ用紙に、さらさらと十一文字の数字を記入する。

「これあたしの番号。よかったら連絡ちょうだい」

「……」

「ほら、サッカー部のことといろいろ聞かせてもらいたいし、連絡取れたほうが便利かなって」

一瞬、とまどった表情を浮かべた石丸くんに、あたしはにこりと微笑んだ。

大西さんが目の前にいる。わかっていて、わざと彼女の顔は見ない。

「……わかった」

なにか気にするそぶりを見せつつも、メモ用紙を受け取ってくれた石丸くん。

「それじゃあ……」

ホッとしながら部活がんばってねと、手を振ろうとした時だった。

「朝日ばっかりずるいなー」

すぐ横で聞こえた声に、ビクッと肩を震わせる。おそるおそる顔を向けると、

「俺にも番号教えてよ」

満面の笑顔を向けていたのは、圭太くん。

「……」

少し前のあたしだったら、きっとなにも考えず、『いいよ』と即答《そくとう》していたと思う。

男子にむやみやたらには教えたくないけど、圭太くんとは中学からの付き合いだし、
石丸くんの親友でもあるし、連絡が取れたら都合のいいことも多いと思うから。

……だけど。

「……うん」

あたしは喉《のど》まで出かかった『いやだ』という言葉を飲みこんで、にこり。

無理やり笑顔を貼りつけた。

圭太くんに番号を教えたくなかった理由。それは、こうなることを予想していたからかもしれない。

「いらっしゃいませー」

駅前のファストフード店。自動ドアを抜けて店内に入るなり、

「蜂谷」

手をひらひらと振って、こっちこっちとばかりに呼ばれた。

「……なに」

店内奥のふたりがけのテーブル。すでにがっつりセットメニューが載っかったトレーがあって、あたしは空いていたスペースにカバンをドサッと置いた。

「あ、蜂谷もなにか頼んでくる？」

「いらない」

冷たく言いはなって、早く話してよとうながすように彼をじっと見る。すると、

「あれ？　なんか怒ってる？」

わかっているくせに、目の前の彼……圭太くんは、そう言いながら、クスクスと笑った。

サッカー部の練習をひととおり見学して、帰ろうとしたところ、あたしのスマホに届いていたメッセージ通知。少しドキドキしながら見てみると、それは待っていた人から……ではなく、圭太くんだった。

【このあとヒマだったら駅前のワックに来てよ】

唐突《とうとつ》すぎる誘い。だけど、あたしはそれに従うしかなかった。

ヒマだったら……なんて一応は書いてあったけど、強制以外のなにものでもない。

だって、あたしは弱味を握られている。

友達の弟のための見学なんてウソだと、圭太くんは知っているわけで。それに……。

「話があるから呼んだんでしょ？　いいから早く話しなよ」

あたしが急《せ》かすように言うと、圭太くんは相変わらず笑ったまま「まぁ座ってよ」

と、なだめるように言った。

その態度にムッとしつつも、たしかにこのまま立って話を聞くのもヘンだし、言われるままに座る。すると、目の前の圭太くんはようやく笑うのをやめ、口を開いた。

「俺が怒られるのは心外だから、じゃあ単刀直入に言うわ。彼女の目の前で、なに連絡先とか聞いてんの？」

さっきのからかうような表情から一転。

問いかけられたまなざしは、鋭く真剣なもの。

「……」

やっぱり……。

言われると思った。俺にも連絡先教えて、と言われた時から、きっとこうしてとがめられると思っていた。

圭太くんが石丸くんの彼女寄りの立場なのは、この二日間で感じていたし。

小さく開きかけた口を、あたしはキュッと一度閉じる。そして、

「つりあってないと思っただけ。あたしのほうが石丸くんにふさわしいと思ったから、奪おうと思ってる」

悪びれることもなく、当然のことのように、胸を張って言ってのけた。

今さらとりつくろってウソをついたところで、ムダだということはわかっている。

……まあ、言ってしまえば開き直り。

さすがの圭太くんも、あまりに素直なあたしの返事に驚いたのか、ポカンとする。

だけど、

「っ、ぷっ……」

すぐに吹きだした。

「え、なに。蜂谷ってそんな腹黒かった？」

「……残念ながら性格はあんまりよくないかもね」

表面上はおとなしく、おっとりとした雰囲気でいたほうがなにかと便利だから、第一印象はなるべくそう見せるように心がけていた。だけど、心の中はずっとこう。

本当はおとなしくもおっとりもしていない。

「がっかりさせちゃった？」

あたしが皮肉まじりに問いかけてみると、圭太くんは「んー……」と少し考える声

をもらしたあと、

「いや、べつに。なんとなく気づいてたし」

にっこり笑ってそう言った。

「……」

気づいてた……って、なにそれ。

あたしの性格が悪いって、前から、それこそ中学生の時から感じていたってこと？

恥ずかしさと怒りで、顔がカッと赤くなる。

「あたしは圭太くんがこんなイラッとする人だとは知らなかった」

お返しとばかりに言いはなつと、圭太くんはハハッと短く笑った。

昨日まであたしの中の〝圭太くん〟のイメージは、優しくていい人だったのに。

まったくダメージを受けていない彼の様子が、それまた悔しさを募《つの》らせてくれる。

失敗した。

落ち着くために、なにか飲みものでも買っておくべきだった。

そう後悔しながら、あたしは小さく息をはいた。そしてまた、視線を圭太くんへと向ける。

「……で、あたしによけいなことするなって言いたいの？」

ごたごたと関係ない話で回り道をしていたってしょうがない。率直に聞くと、

「俺はべつに、蜂谷のすることに口出しするつもりはないよ」

意外にも圭太くんは、そう即答した。

「え……じゃあなに……？」

あたしのすることに口出しするつもりはないのなら、どうして呼びだしたり、こんなこと言ったりするの？

わかっていたはずのことが、一瞬にしてわからなくなる。

もしかして、もしかしたら、応援してくれる可能性もある……？

なにをどう考えたらそんな思いにいきつくかは、自分でもわからないけれど、不意にそんなことも頭に浮かんだ。だけど、

「蜂谷の本性に興味があったっていうか……。ま、そんな感じだよね」

「……」

またまたにっこり。あたしに向けられた完璧な笑顔に、もはやポカンとするしかなかった。

「あ……あぁ、そういうこと……」

そして、あたしはようやく、圭太くんがどういう人なのかを理解する。

この人はおもしろがっているだけだ。

あたしの気持ちを知っていて、おもしろがっているだけ。

「……圭太くん、変わったね」

「ん？」

ふと思い出す、中学生の頃の圭太くん。

昔はもっと優しい人だった。あたしが困っていれば、まっ先に駆けよってきて『大丈夫？』って、声をかけてきてくれたのに。

それに……〝あの時〟だって——。

膝の上でぎゅうっと握りこぶしをつくる。

いや、ダメだ。今の圭太くんになにを言ったってムダ。

どうせ、どう転がったって、あたしの味方をしてくれるつもりもないのだから。

だったら……。

「とにかく、あたしはあきらめるつもりはないから」

「ふーん……せいぜいがんばって」

席から立ちあがり、まっすぐ宣言したあたしに対し、どうせムリだよとばかりに、微笑を浮かべる圭太くん。

その顔をキッとにらみつけて、あたしは店をあとにした。

# ずっとずっと、好きだった

はぁ……もうムカつく！

いつものように登校してきたあたしは、いつものように机にカバンを置き、席に座る。昨日からずーっと頭から離れてくれないのは、圭太くんの言葉と、人を小バカにするようなあの顔。

『せいぜいがんばって』

……なんて、どうせムリだと思っているくせに！

でも、あんな言い方をされたら逆に、意地でも石丸くんを振りむかせたくなる。

圭太くんに一泡《ひとあわ》吹かせてやりたい。

もちろんそれだけじゃなくて、石丸くんが好きだという気持ちも本物。

とにかく相手は彼女もち。あきらめるつもりはないと言ったけど、こういう場合どうしたらいいのかわからない。

とりあえず瞳に相談……って、あれ？

そういえば、瞳が来ない。

いつもならあたしが登校すればまっ先に、おはよって声をかけてくるのに。

まだ学校に来ていないんだろうか。

そう思いながら瞳の席のほうを見ると、席に着いた瞳の姿がしっかりあった。

なんだ……もう来てるんじゃん。

あたしは席を立ち、瞳のもとへと向かう。そして、

「おはよ」

「えっ、うわっ！　おは、よ……」

あたしから声をかけると、瞳はひどく驚いた様子でビクッと肩を震わせた。

「……？」

瞳の手の中にはスマホ。

「ええと……リョウくん、だったっけ？」

興味のない人、とくに男子の名前を覚えるのは本当に苦手。

連絡取ってたの？っていう意味で尋ねてみると、瞳は「あぁ……うん」と返事した。

思ったとおり……だけど、その反応は予想外。

だって、あんまり元気がない。てっきり浮かれているものだと思ったのに。

たしか、昨日あれからふたりでカラオケに行くとか言っていたっけ。

「なにかあったの？」

「あー……うん、ちょっとね……」

いつもの瞳なら『それがねー』って、なんでもためらいなく話してくる。

でも今日は、言葉をにごして口を閉じた。

なんだか気になる……けど、話したくないってことだよね。

それならばと、あたしは口を開いた。

「今日の放課後も行こうと思ってるんだけど」

「……ごめん、今日はパスしてもいい？」

「うん、了解」

瞳の返事はわかっていた。なんとなくリョウくんとうまくいってないことも想像がついて、ムリに付き合わせることはできないと思った。

これからのことを相談しようと思っていたけど、今はそれどころじゃなさそう……。

瞳の席から戻ってきたあたしは、自分の席に着いてポケットからスマホを取りだす。

まぁなんにせよ、石丸くんに近づかなきゃ始まらないよね……。

昨日教えてもらった連絡先。電話番号を入れたら、自然とメッセージアプリの友達に石丸くんが追加されていた。

サッカーボールの写真のアイコンが、らしいなぁと思いながらトーク画面を開く。

そして、

【おはよう。今日の放課後も、あたしだけなんだけど見学に行ってもいいかな？】

【いいですか？】と悩みつつ、でも同級生なんだし……と、タメ語で送った。

いつ既読になるかそわそわして、朝のHRが始まるまでずっとスマホとにらめっこ。

でも、朝のうちに既読がつくことはなく……。

やっと既読がついて、返事が来たのはお昼を過ぎてからだった。


「ごめんね、迷惑じゃなかった？」

「いや、こっちは全然大丈夫」

放課後。あたしの隣を歩くのは……石丸くん。

返事を待ちに待って、お昼過ぎにやっと届いたのは【いいよ】のひとこと。

少し素っ気なく感じる返答に、本当に行っていいものかと迷う気持ちもあった。

だけど、高坂高校の門の前。迎えに来てくれたのは石丸くん本人で、こうして並んで話せている時間に、来てよかったと心の底から思う。

なんでもない普通の会話をしながら、石丸くんが連れていってくれた先は、フィールド横のベンチ。

「あきたら適当に帰ってもらってかまわないから」

「ありがとう」

荷物を横に置いて腰かける……けど、

「でも、本当に好きなんだな」

「えっ!?」

石丸くんの言葉に、思わず飛びあがりそうになった。

だって、好きって……。

一瞬のうちにいろんなことを考えた。もしかして圭太くんが全部話したのか、とか。

だけど、慌てるあたしに石丸くんは不思議そうに首をかしげて続ける。

「うちの練習、ひとりで見にくるほどサッカー好きなんだろ?」

あぁ、なんだ……サッカーのことか。

「あ、えと……うん」

彼の問いかけに、あたしはなんでもなかったかのように笑顔を作ってうなずく。

でも本当は顔から火が出てしまいそう。

勝手に勘違いしちゃって、恥ずかしいことこの上ない。

そんなあたしの様子に、石丸くんは気づいていないみたいで。

「蜂谷が練習見にくるのはべつにいいんだけどさ……友達の弟さんもよかったら呼んでみたら?」

「え……」

続けられた言葉に、思わず硬直《こうちょく》した。

「なんていうか実際に本人に見てもらったほうが、チームの雰囲気とかも伝わると思うっていうか……」

真面目な顔をして話す石丸くん。その姿にドクンと、胸がイヤな脈打ち方をする。

「そうだね……」

話を合わせるようにうなずきながら、膝の上に置いた手をギュッと握った。

「また瞳にも話してみるよ」

「ん、そうしてみて。こっちは本当にかまわないから」

「……ありがとう」

なんの疑いもなく、架空《かくう》の瞳の弟のことを気にかけてくれて、あくまで優しい石丸くん。

「それじゃあ俺もそろそろ部室行かなきゃだから」と、続けられて。

「がんばってね」

あたしは彼の背中に向かって、笑顔で手を振った。

そして石丸くんの姿が完全に遠ざかってから、手を止める。

「はぁ……」

重いため息をひとつ。

このままずっと、ウソをつきとおせると思っていたわけじゃない。

だけど、思いのほか展開が早く、どうしようと思わずにはいられなかった。

……好きな人にウソをついてだましていることは、あたしもつらい。

石丸くんが優しいからこそ、胸が痛む。

言わなくちゃいけないよね、本当のこと……。

ほどなくして、グラウンドに集まりだした人。

部室から戻ってきた石丸くんの姿も見つけて、ウォーミングアップを始める彼の姿を見ながら、明日瞳に話してみようと決めた。


そして……翌日。


「そっかぁ……」

教室に沈む、瞳の声。いつもよりずいぶん早く学校に来たあたしは、登校してきた瞳を待ちかまえて捕まえ、昨日のことを話した。

「いつまでも隠しとおせることじゃないし、ウソだってことちゃんと言おうと思ってるんだけど」

「うん……」

うなずく瞳の声のトーンは、昨日に引き続き低い。ふれないほうがいいのかもと

思ったけど、あたしの話を聞いてからいっそう表情が曇った気がして、

「……なにがあったの？」

昨日から何度も言いかけた言葉を、とうとう瞳にぶつけた。

なにもないなんてことはない。瞳の様子は絶対おかしい。

じっと真剣なまなざしを向けると、うつむいていた顔を上げ、瞳もこっちを見つめて。

「花音、ごめんーっ！」

今にも泣きそうな顔をして、おがむように両手をパチンと合わせた。

「え、なに？　どうして？」

謝られるようなことをされた覚えはなくて、困惑していると、

「実はね……」

瞳は声を小さくして、話してくれた。


サッカー部の見学に付き合ってくれた一昨日。

あらかじめ聞いていたとおり、瞳はリョウくんとカラオケに行ったのだという。

でも、そこで無理やり襲《おそ》われそうになって。なんとか逃げだし、無事帰宅することができた瞳だったけど、リョウくんからひっきりなしに電話やメッセージが届いたそ

う。

内容は【ごめん、悪かった】って、そういうこと。

未遂《みすい》に終わったわけだし、とりあえず【もういいよ】と返事をしたけど、そういうことをされた時点で、リョウくんへの恋愛感情はまったくなくなってしまったわけで。

【今後はもう関わらないで】と、関係を終わりにしようとしたらしい。

すると、リョウくんから【もう一度会ってちゃんと謝りたい】と、連絡があって。

めんどくさいな、どうしよう……と、悩んでいたのが昨日の朝までの話。

「普通ならこのまま放置しとくんだけどね、最初に石丸くんに会わせてもらった手前、ヘンにもめたままにしとくのもな……って思って、昨日会ったんだけど……」

淡々と説明をしてくれていた瞳が、言葉をつまらせる。

「綺麗《きれい》に終わらなかったの……？」

あたしが聞くと、瞳はコクンと力なくうなずいた。

「それが結構しつこくてさ……なにを言ってもダメで。結局また振りきって帰ってきちゃって……」

「本当にごめん！」と、瞳はまた、おがむように両手をパチンと合わせる。

「もとはといえば私が言いだしたことだし、ちゃんと責任とって説明しにいかなきゃなんだけど……」

「ううん、いいよ」

そういうことならと、あたしは首を横に振った。

ただでさえ襲われかけて不愉快な思いをしたっていうのに、さらにしつこくされている瞳を、わざわざいやな相手のいるところに連れていくことなんてできない。

「石丸くんには、あたしからちゃんと話すよ」

大丈夫。彼ならきっと、ちゃんと話せば理解してくれる。

「花音ごめんねー、ありがとー」

今回ばかりは本当に反省している様子の瞳。

「これにこりたら、あんまり闇雲《やみくも》に彼氏探すのやめなよね」

あたしが言うと、めずらしく素直に「はぁい」と返事して。

「私も何年経《た》っても忘れられないくらい、好きな人に出逢いたーい」

夢見るようにつぶやいた。


「……で、なんでアンタが出てくるの」

放課後。あたしは今日も高坂高校へと向かった。

昨日、もしかしたら明日も来るかもしれないという話をしていたから段取りは早く、校門の前でまた待っていてと、石丸くんから連絡を受けたのだけど……。

「うっわ、とうとうアンタ呼ばわりになっちゃったんだ?」

あたしの目の前。なにがおかしいのかクスクス笑う相手は……圭太くん。

「喜んでもらえたのなら、これからずっとアンタって呼ぶね」

にっこり笑顔を返して、あたしは校内に足を踏みいれる。もう何度も来ているから、どこを歩いていけばいいかは案内されなくてもわかる。

「えー、なんで俺、いつの間に蜂谷にそんなに嫌われちゃってんの?」

ヘラヘラと笑いながらあとをついてくる圭太くんに、イラッとせずにはいられない。なぜ嫌われているかって、そんなの自分が一番よくわかっているくせに。

……っていうか、石丸くんが迎えにくると思ってドキドキしていた気持ち、返してよ。

そう。昨日に続き、石丸くんが迎えにきてくれるものだと思っていた。だから、どうやって話を切りだそうとか、必死に考えていたわけで……。

「……ねぇ」

あたしは足を止め、ゆっくりと振り返った。すると圭太くんは「ん?」と、少し意外そうな顔をして。

話してしまうか、ほんの少し迷った。圭太くんの前で彼の名前を出せば、またなにか言われそうだし。でも……。

「今日、石丸くんは？」

どうせ全部知っているのだから。

あたしの気持ちも目的も知っているのだから、今さらヘンに隠したところでなんの意味もない。

からかわれるのを覚悟で、素直に問いかけてみると、

「あー……朝日なら担任の先生に呼ばれて、それで遅くなるってさ」

意外や意外。真面目に答えてくれた。

……と、一瞬でも思ったあたしは甘かった。

「あ、愛《いと》しの朝日じゃなかったから、もしかして俺、八つ当たりされてる？」

「……」

もう無視。クルッと前に向きなおって、あたしは無言で歩きだした。

八つ当たりとか、なんでこっちが悪いような言い方をされないといけないの。

圭太くんがイライラさせることばかり言うからじゃない！

スタスタと早足で歩くあたし。それを、

「ちょっと待ってって。蜂谷ー」

圭太くんが名前を呼びながら追いかけてきて。

「もぉっ……」

『しつこい！』って、言おうとした時――。

「中村先輩っ！」

女の子の声がして、あたしも圭太くんも振り返った。

すると、うしろからパタパタと走ってきたのは、背が低くてお団子頭《だんご》のかわいらしい女の子。

先輩って圭太くんのことを呼んだし、雰囲気からしても年下。

「あのっ、いきなりすみません！　少しだけ、時間ありませんか……？」

あっという間に圭太くんの目の前までやってきた女の子は、チラッとあたしを気にしながら聞いてきた。

「えーと……」

返事に困る圭太くん。

いや、なんで困るの。

「あたしのことなら気にしないで。どうぞ」

べつに圭太くんがいなくても、ひとりでグラウンドに行けるし。

そう心の中でつぶやいて、ニコッと女の子に微笑み返す。すると女の子は、ペコリと頭を下げてくれた。

素直そうで、いい子みたい。……なのに、圭太くんのいったいどこがいいの？

なんて、いけないいけない。

「それじゃあ、先に行ってるね」

頭の中に浮かんだよけいな言葉をうち消して、あたしはふたりに背を向けた。

圭太くんがあたしを呼ぶ声が聞こえたような気もしたけれど、わざと聞こえてないフリをした。

ほんの少し頬を赤らめた女の子。そして、モジモジとためらっているその様子から、きっと告白でもするんだろうと思った。

今のあたしからしたら、圭太くんのどこがいいの？って感じだけど……たしかに顔はいいほうだもんね。

中学生の頃から圭太くんはよくモテていた。

黒髪でクールであくまで優等生で、少し近寄りがたい雰囲気の石丸くんと、茶髪でチャラそうな見た目どおり、明るくクラスや部活のムードメーカーだった圭太くん。

ふたりは正反対だけど、タイプの違うイケメンでサッカー部のツートップ。

並んでいると女子たちが騒いでいたっけ。

だから、告白されることも少なくなかった……はずなのに、そういえば圭太くんの彼女の話って聞いたことがない。

どうしてだろう……と、ふと浮かんだ疑問に首をかしげていると、

「あれ……？」

なんだか聞きおぼえのある声がうしろから聞こえて、あたしは足を止めた。そして、振り返った瞬間――。

「やっぱりー！　瞳ちゃんの友達じゃん！」

相手の顔を見て、ドキリとした。『やばい』って直感的に思った。

一歩、二歩とこっちに近づいてくるその人は、この前まで瞳といい感じだった〝リョウくん〟だった。

「あれ、今日はひとり？　こんなところでなにしてんの？」

ズボンのポケットに両手を突っこんでけだるそうに、ガラの悪そうな雰囲気をかもしだしながら尋ねるリョウくんに、あたしは思わずあとずさる。

……いやな予感。

普通に話しかけてくれているけど、どこか目つきが怖い。

「えっと……」

なにを話したらいいのかわからなくて、言葉をつまらせる。すると、

「ヒマだったらさ、ちょっと付き合ってよ」

いきなり腕をつかまれて、

「っ、やめてっ！」

あたしは思いっきりその手を振りはらった。

「……」

一瞬の沈黙。リョウくんは驚いた顔を見せたあと、気に食わなさそうに「チッ」と舌打ちをした……と思ったら、

「ふーん……そっちはうまくいってんだ？」

「は？」

急に勝ち誇ったような顔を見せつけて、あたしは意味がわからず眉間にしわを寄せた。

「石丸だっけ？　ウソついて近づいた男と、うまくいってんだろ？」

「なっ……」

どうして急にそんなことを言いだしたのか、まったく理解ができなかった。

だけど、そのすぐあとに彼の言動の意味を知ることになる。

「……それ、どういうこと？」

背後から聞こえた声に、あたしの背筋が凍《こお》りついた。

振り返らなくても誰なのかわかったのは、その声の主があたしにとって特別な人だから。

「石丸くん……」

チラリと彼の姿を確認して、思わず声が震えた。

なんていうタイミングの悪さ……いや、違う。

「ウソとか近づいたとかって、なんの話？」

「それは本人に聞いてみればー？」

こわばった表情で問いかける石丸くんに、リョウくんはヘラヘラと笑いながら答えた。

完全にこの状況をおもしろがっている顔。

石丸くんがあたしのうしろにいるのを知っていて、わざとあたしに都合の悪い話題を振ったんだ。

これもすべては瞳にフラれた腹いせといったところか……。

なんてちっちゃい男なんだろうとあきれて、ため息がもれそうになる。

……ううん、今はそれどころじゃない。

なんとも形容できない気まずい空気が、あたしと石丸くんの間に流れていた。

まっすぐに向けられた真剣なまなざしが苦しくて、目をそらしてしまいたい。だけど、それはできなくて……。

あたしが口を開こうとした瞬間。

「朝日！　もう来られたんだ……って、あれ？　どうしたの」

あたしたちに駆けよってきたのは、女の子に呼ばれていた圭太くんだった。

あたしと石丸くんとリョウくん。三人の間のただならぬ空気を感じてか、キョロキョロと視線をさまよわせる。すると、

「じゃあ、無関係な俺はこのへんで」

リョウくんは満足気な笑みを浮かべ、ヒラヒラと手を振りながら背中を向けた。

——ムカつく。

唇をかんでリョウくんの背中をにらみつける。そんなあたしを見つめる圭太くん。

不意に視線が重なって、あたしはパッと目をそらした。

「……蜂谷」

石丸くんが、説明を求めるようにあたしの名を呼ぶ。

わかっている、もうごまかせない。

それに、いいじゃない。どうせこれを伝えるために来たのだから。

あたしは自分自身に言い聞かせて、口を開いた。

「圭太くんごめん。ちょっと石丸くんとふたりで話をさせて」

「じゃあ全部ウソで、だましてたってこと?」

「……ごめんなさい」

石丸くんの問いかけに、力なくうなずく。

夕焼けに染まるグラウンド。あたしが石丸くんにすべてを説明できたのは、サッカー部の練習が終わってからだった。

『石丸くんとふたりで話をさせて』

そう圭太くんに伝えて、『わかった』と了承を得たものの、そのあとすぐに顧問の先生が通りかかって。結局そのままふたりは練習に参加することになってしまった、だから……。

練習後の誰もいないグラウンドの片隅。あたしはベンチに腰かけて、目の前に立つ石丸くんに経緯を話した。

「そっか……」

ため息にも似た石丸くんの声が、心に突き刺さる。

あきれられていることはまちがいない。

せめて、せめてあの時リョウくんに会わず、自分自身から打ち明けられていたら。

少しは印象が変わっていたんじゃないかって、思わずにはいられない。

あたしはなかなか顔を上げられなくて、しばらくの間お互い黙ったままの時間が流れた。

その沈黙を破ったのは、石丸くん。

「ひとつ聞いてもいい?」

「なに?」

響くような彼の声。聞き返しながら、本当はわかっていた。

「なんでそんなウソついたわけ?」

……ほら、やっぱり。そりゃあ、そうなるよね。

「それは……」

あらかじめ用意していた言いわけを口にしかけて、閉じる。

本心を伝えないでその場をごまかすことは、きっとできないことじゃない。石丸くんも、きっとその答を望んでいる。でも……。

ゆっくりと顔を上げて、彼の顔を見る。夕日を背にあたしを見つめ、少し目を見開く石丸くん。

「あの時と同じだね」

「え……」

さらに大きくなった瞳を見つめ、あたしは小さく笑った。

夕焼け色に染まるグラウンドにふたりきり。思い返すのは……あの日。

「あたしが石丸くんに告白した時」

忘れたなんて言わせない。今から約三年前のあの日。

中学最後の試合が終わって、学校に戻ってきて、あたしは石丸くんをグラウンドのすみに呼びだした。そして……。

『石丸くんのことが、好きですっ……！』

生まれて初めての告白をした。

思い返すだけで、今も胸がドキドキする。それから……その時の返事を思い出して、泣きそうになる。

「……」

とまどう表情を浮かべる石丸くん。

ここまで言ったら、あたしがどんなことを口にしようとしているかわかってしまっているはず。ううん、本当はすでにわかっていたんでしょう？

……気づかないフリ、しないでよ。

「ウソをついたのは、石丸くんとの接点が欲しかったから」

会いにくる口実が欲しかった。会いたかった……ただ、それだけ。

こんなことを今伝えても、勝算なんてないのはわかっている。それでも、伝えずにはいられなかった。早く知って欲しかった。

「ずっとずっと、好きだった」

はっきりとフられても。中学を卒業して、高校生になっても。会うことがなくなって、ほかに彼氏ができても。

――ずっとずっと、好きだった。

石丸くんのことが、忘れられなかった。

じわじわとにじんでいく視界。

「はち、や……」

「……ごめんね」

石丸くんの驚いて困った表情は、あの時と同じ。

キリキリと胸がしめつけられるようで、石丸くんの顔を見ていられなくて、あたしはうつむいた。そして、

「あの……」

「石丸くんの気持ちはわかってるよ」

言いかけた彼の言葉をさえぎった。

「かわいい彼女、いるんだもんね……。困らせちゃって、本当にごめんね」

かわいいなんて本当は思ってないくせに。

あたしは震える声を絞《しぼ》りだし、なんとか気丈《きじょう》にふるまおうと笑顔を作る。

ここで泣き崩れてしまったら、それこそあきれられてしまいそうだから……。

「……いや、こっちこそ、ごめん」

静かに降ってきた石丸くんの言葉が、突き刺さるようだった。だけど、あたしはふるふると首を横に振った。

好きで好きで仕方なかった。三年経った今も、その想いは進行形。

本当は『ごめん』なんてイヤだよ。

どうしてあたしじゃいけないの……?

言いたい……けど、言えない。

あたしは同じ相手に、人生二度目の失恋をした――。

菫いろ君想い。

# だったら俺と付き合う？

「っ……ひっく……」

ぬぐってもぬぐっても、ポロポロとあふれる涙。

さっきまでオレンジ色だった空は、いつの間にか夜の黒が広がっていて。あたしの心の中みたいにぐちゃぐちゃで、決して綺麗とは言えない色をしている。

『少しひとりにさせてもらっていい？』

そう言ったあたしに石丸くんは、

『あんまり遅くならないようにな』

と、言ってくれたけど……。

数十分経った今も、あたしはベンチから立ちあがれずにいる。

自分がみっともなくて情けない。でも、こぼれ落ちる涙をムリに止めようとも思わない。

どうせあたしを知っている人なんてここにはいないし、ヘンにウワサになったところで困ることもない。だったらもう泣いて泣いてスッキリしてから、家へ帰ろうと思った。

……なのに。

「……いったい、いつまで泣いてんの」

「っ⁉」

突然、かたわらから聞こえた声。

ビックリして振り返ると、あたしが座るすぐ横の背もたれに両腕をついて、けだるそうにしている圭太くんがいた。

驚きのあまり、あたしはベンチから立ちあがった。

「ど、どうして⁉」

「いいかげん俺も帰りたいんだけど」

いや答になってないし！　……っていうか、

「帰りたいなら帰ればいいじゃない！」

むしろ帰ってよ！と、あたしは声を張りあげる。すると、

「そういうわけにはいかないじゃん」

圭太くんはゆっくりと体を起こし、回りこんでベンチにストンと座った。

もしかして……。

「全部、聞いてたの……？」

おそるおそる尋ねてみると、

「聞いてたっていうか、聞こえたんだけど」

圭太くんの返事は思ったとおりで「うっ」と、心苦しさのあまり声に出そうになった。

つまりは告白も、そしてフられたことも知っているってこと……。

恥ずかしくて、自分らしくないけど顔が赤くなる。

でも、圭太くんならいいかって、そんなふうにも思った。それは——。

「まさかここまで一緒になるとは思わなかった」

「ん?」

開き直って、圭太くんの隣に座り直すあたし。

「中学の頃と」

ひとことつけ足すと、圭太くんも理解したようで「あぁ……」とうなずいた。

三年前、石丸くんに初めてフられたあの時も、あたしの前に圭太くんが現れた。

はっきりとは覚えていないけど、偶然通りかかってしまった感じで。『もしかして聞いちゃった?』って、苦笑しながら問いかけたのを覚えている。

本当に変わらない、三年前と今。

違うところがひとつあるとすれば……あの時のあたしは、泣いてはいなかった。

まったく脈がないようだったら、告白なんてしていない。

当時、石丸くんとあたしは周りから見ても、自分としてもいい雰囲気だった。それだからこそ、まさかフられるなんて信じられなくて……呆然と立ちつくしていた。

そこに現れた圭太くん。切って貼ったような笑顔を浮かべるあたしを、心配そうな目で見つめると、

『……ごめん』

告白を、フられるところを見てしまったことに対する謝罪なのだろう、ひとことそうつぶやいた。

皮肉にも、その言葉はその直前に聞かされた石丸くんの返事と同じで。

それからやっとあたしの中に〝ダメだったんだ〟っていう実感がわいてきて……。

せきを切ったようにあふれだした涙に、両手で顔をおおったんだった。

「あの時の圭太くんは優しかったのにね」

思い返せば、今でもチクンと胸の奥が痛み、きゅっと切なくなる。

それでも、その翌日から登校することができていたのは、圭太くんのおかげだった。

ただひたすら泣きじゃくっていたあたしに、なにをしてくれたわけでも、なぐさめる言葉をかけてくれたわけでもないけれど、圭太くんはずっとそばにいてくれた。

泣きやむまで……ずっと。

圭太くんが一緒にいてくれたから、ひとりじゃなかったから、あたしはようやく顔を上げることができた。だから……ね。

圭太くんには本当に心から感謝していたんだけどなぁ……。

あの時のことを振り返りながら、チラッと彼に目を向ける。すると、

「今だって優しいじゃん？」

圭太くんは、苦笑にも似た笑顔をあたしに向けた。

どこが……。

声には出さず、心の中でつぶやく。圭太くんは、昔とはずいぶん変わった。

今だって人がフラれた直後だっていうのに、軽いノリで話しかけてくるし。

「どうせ、バカだって思ってるんでしょ」

考えるにつれ、こみあげてきたイラ立ちを、そのひとことにこめてぶつけると、

「んー……まぁ正直。今告《こく》って、望みがあるとでも思ったわけ？」

思っていたよりもあっさりと肯定され、あたしはさらにムッとしながら膝の上に置いた両手に力を入れる。

望みがある、なんて。

「……まさか」

そんなの、一ミリだって思っていない。

「ただ悔しかっただけだよ。あたしはまだこんなに好きなのに、石丸くんの中では過去にされちゃってることが」

フられたってどうでもよかった。

まだ好きだっていうあたしの気持ちを、ただただ知って欲しかっただけ。

過去のものにはできない、今もあの時と変わらない、あたしの気持ちを知って欲しかった――。

こんなことを圭太くんに言ったって、どうせあきれた様子で笑われたり、バカにされたりすると思っていた。……だけど。

「ふーん……まぁその気持ちはわかるかも」

……え？

隣から聞こえた言葉に、耳を疑う。予想していたのとは逆とも言える答にビックリして、その真意を確かめようと彼を見る……けど、

「で、どうすんの？　朝日のことはこれで終わりにできんの？」

「……」

先にされた質問に、思わず口ごもる。

その場の勢いで、感情のままに告白しちゃったようなものだけど、これから……本当にどうするんだろう。

石丸くんのことをあきらめる……？

フられたんだから、それが正解かもしれない。でも……だけど……。

「……終わりになんて、できない」

そんなのムリだ。どんなにがんばったって、時間が経ったって、好きって気持ちは消えないことを、あたしは誰よりもよく知っている。

今ここできっぱり終わらせられるなら、今までこんな苦しい想いはしていない。

それに……。

「石丸くんの彼女があれって、やっぱり納得《なっとく》できないし」

あたしがかなわないと思うくらい、もっと綺麗な人だったり、かわいい子だったりしたら、あきらめもついたのかもしれない。だけど、石丸くんの彼女は……あまりに普通すぎる。

「……って、聞いてる？」

質問してきたのはそっちなのに、黙ったままの圭太くん。眉を寄せ隣を見ると、

「……っく」

必死に笑いをこらえる彼の姿。

「な、なに……？」

あたしが問いかけると、圭太くんはとうとう吹きだして、「あはは！」と爆笑した。

「蜂谷って、本当に性格悪いのな」

「っ……！」

ストレートすぎる発言に、カアッと頭に血がのぼる。

「うるさいっ！」

性格悪いなんてそんなこと、改めて言われなくたってわかっている。でも、どうしようもないんだもん。

あの彼女じゃ石丸くんにつりあっていないと感じるのも、彼のことが好きで好きで、しょうがない気持ちも。本当だから、どうしようもない——。

それでも、圭太くんの発言はまちがってはいなくて、悔しさがじわりとこみあげてきて、下唇をかむ。

やっぱり、今の圭太くんのことは嫌い。

「もういいから」

早く帰ればと、追い返そうとするけど。

「でも俺は、今の蜂谷のほうがいいかな」

「は……」

なんてこと言いだすのと思いながら、理由を聞く余裕もなかった。

それは、もっともっととんでもないことを、圭太くんが言ってきたから。

「だったら俺と付き合う？」

口角をあげ、微笑を浮かべる圭太くん。

「……」

あたしはそんな彼を見ながら、パチパチと何度も瞬《まばた》きをした。

だって……圭太くんと付き合うって、どういうこと？

『だったら』って言ったけど、どこをどうしてどうやったら、そういう結論に至るわけ？

聞きたいことは、たくさんあった。だけどあたしがとりあえず口にできたのは。

「……は？」

首をかしげ、文字どおり眉をハの字にする。

「だから、俺と付き合う？って聞いてんの」

「……どうして？」

意味が全然わかんない。

かしげた首はさらに斜めになって、眉間にはきっと深いしわが刻まれている。絶対かわいくない顔をしているのはわかっていたけど、そんなこと気にしている余裕はなかった。

どうして、あたしと圭太くんが付き合うっていう展開になるの。

「あたしが好きなのは、石丸くんなんだけど……」

小さな声でボソッとつぶやいた。すると、

「だからだよ」

圭太くんが返事をして、あたしはやっと頭をもとに戻す。

「朝日のこと、あきらめるつもりはないんでしょ」

「……うん」

「でも今の状態で、どうやって朝日に近づくわけ？」

「そ、れは……」

そんなこと、まったくといっていいほど考えていなかった。

二度も告白してフられたうえに、ウソまでバレてしまった今、たしかにもう気安く近づくことはできない。でも……。

「俺と付き合えば、いつでもここに来られるよ？」

にんまりと、笑顔を向ける圭太くん。

「それはそうかもしれないけど……そんなことしたらそれこそ――」

石丸くんの彼女にはなれなくなる。

曲がったことが嫌いな彼のこと。彼女がいるってだけでも不利なのに、友達と付き合っている女の子なんて目に映《うつ》るはずがない。

あたしは真面目に考えて返事した。それなのに、

「どっちにしろ朝日とは付き合えないって」

圭太くんは、ククク と意地悪そうに笑いながら言った。

「なっ、そんな言い方ないでしょ！　からかうのもいい加減《かげん》にしてよ！」

本当にいつから、圭太くんはこんな人になってしまったんだろう。

カッとなって、あたしが怒鳴《どな》ると、

「べつにからかってはないよ」

圭太くんは表情を崩《くず》さず、言葉を続ける。

「俺はどっちにしろ蜂谷が朝日と付き合うのはムリだと思ってる。でも、蜂谷はあきらめるつもりないんだろ？　だったら……」

圭太くんの手がこっちに伸びてきて。

「いっそのこと、俺と付き合ってみようよ」

腕をグイッと引かれ、急に縮まった距離。

すぐ目の前に圭太くんの顔があって、あたしは目を見開いた。

微笑を浮かべ、まっすぐあたしを見つめる圭太くん。

今まであまり意識したことはなかったけれど、こうして改めて見てみると、かなりカッコいい……のかもしれない。……って、そんなことはどうでもよくて！

「いやよ！」

あたしはパッと彼の腕を振りはらい、近づいた距離をもとに戻した。

たしかに今のあたしには、もう石丸くんに近づく術《すべ》はない。だけど、こうして圭太くんのおもちゃにされるのはごめんだ。それに——。

「圭太くん、彼女いないの？」

「いないよ」

「あの子は……？　ほら、部活の前に声をかけてきた……」

告白だったかどうかは定かではないけれど、彼女が圭太くんに好意を抱いていることははっきりわかった。

圭太くんは「あぁ……」と、思い出したように相づちを打ったあと、

「あの子と付き合うとか、そういうつもりはないよ」

深く考える様子もなく、さらりと言った。

「どうして？」

飛び抜けてかわいいっていうわけではないけれど、すごくいい子のようだった。

あたしをからかって遊ぶよりも、ああいう子と真剣に付き合えばいいのに。

よけいなお世話だと思いながらも、

「圭太くん、ちゃんとした彼女作ったほうがいいよ」

言われっぱなしは悔しいから、言ってやった。

「ちゃんとした彼女、ね……」

すでに暗くなった空を見上げて、圭太くんは静かにつぶやく。

あれ？　ちょっと本気で考えてる……？

心なしか真面目に見える表情が気になって、少し身を乗りだす。すると、じっと見つめられていることに気づいたのか、圭太くんは突然こっちを向いて――。

「な、に……？」

そう言ったのは彼じゃない……あたし。

振りむいた圭太くんは無言で。あたしを見つめるから、とまどった。

その目はどこか寂しそうにも見えて、初めて見るかもしれない表情に困惑する。

もしかして、いけないことでも言った……？

「あの……」

「帰ろうか」

「え？」

「もうそろそろ帰っても大丈夫でしょ」

寂しそうに見えた表情から一変。

圭太くんはニヤリと笑って、人差し指で自分の目の下をツンツンと示した。

「あ……」

気がつけば、涙はいつの間にかすっかり乾いていた。

たしかにこれなら、もう家に帰れる……って。

じっと見つめられていたのは、涙の跡を確認していただけ？

そんなことを考えていると、圭太くんは立ちあがり、

「いい加減、俺も腹減ったし」

そう言いながら、クワーッと大きなあくびをした。

「……」

寂しそうに見えたのは、どうやらあたしの気のせいだったようだ。

『ちゃんとした彼女作ったほうがいいよ』という言葉については、はぐらかされたけど。もういいやと思いながら、あたしも腰をあげた。

「蜂谷の家どこだっけ？　送るけど」

「べつにいいよ。お腹空いてるんでしょ？」

「まぁ誰かさんのせいで腹は減ったけど、さすがにこの時間にひとりで帰らせるわけにはいかないじゃん」

「はぁ」

誰も待ってくれなんて言ってないのだけど。

まるであたしのせいで遅くなったみたいな言い方に、口をへの字に曲げた。すると、

「とにかく送らせてよ。じゃないと俺が朝日に怒られるから」

「え？」

「頼まれたんだよ。家まで送ってやってって」

思いがけない気配りに、胸がギュッと締めつけられる。

そうだ、石丸くんはそういう人だった。でも、そんな優しさ……いらないのに。

残された気持ちがただただ切なくて、小さく苦笑する。

自分のことに精いっぱいで、そんなあたしを見つめる圭太くんの寂しげな表情には、気づかなかった。


「それ本当に？　マジで言ってんの？」

「こんなウソついたって意味ないでしょ」

「そっか……そう、だよね……」

前のめりになった上体を起こし、声を沈ませるのは瞳。

あのあと、圭太くんに送ってもらって家まで帰ると、玄関に瞳が立っていた。すべてをきちんと話すと言ったあたしのことが気になって、わざわざ来てくれたらしい。

とりあえず圭太くんを帰して、瞳を家に招き入れると、うちのお母さんが思いのほ

か喜んで。

なかば強引に夕食をごちそうして、やっと今、落ち着いてあたしの部屋で話をしている……と、いうところ。

「まさかそんなことになるなんて……。ごめん、本当にごめん」

丸いクッションの上に正座をして、普段見ることのない真面目な表情で謝る瞳。

本当のことを話せば瞳が責任を感じてしまうとわかっていたけど、適当にごまかして安心させるのは違う気がした。それに……。

「だから、謝らなくていいって。瞳が悪いわけじゃないじゃん」

石丸くんによけいなことをしゃべってくれた、あの男には心底ムカついている。だけど、石丸くんにフラれたのは仕方のないことで、瞳のせいだなんてこれっぽっちも思っていない。

「でもさ……」

「あーもう！　そんなイジイジするんなら帰ってくれる？」

眉を下げて泣きそうな顔の瞳に対して強く言いはなち、目の前のお茶をグイッと飲んだ。すると、一瞬ポカンとした瞳は、さっきまで下げていたはずの眉をキュッと上げて。

「そういう言い方しなくてもいいじゃん！　こっちは悪いと思って謝ってるのに

さぁ！　……でも、ありがとう」

　やっと小さく笑ってくれた。

「花音が思ったより元気そうで安心した。もしかして、あの送ってくれた男子となにかあったとか？」

「えっ……」

　思いがけない問いかけにふと浮かんできたのは、『俺と付き合う？』という圭太くんの言葉。

　……いや、あんなの関係ないし。

　でもたしかに、思ったより大丈夫。石丸くんに想いを伝えた直後は、苦しくて悲しくて、あんなに泣いていたっていうのに……。

　今はもう瞳のことを考えてあげられるくらいの余裕が、心の中にある。それは……。

「やっぱりなにかあったんだぁ～？」

　落ちこみモードはどこへやら。にんまりと、いつものからかうような表情であたしを見る瞳。

「調子に乗るの早すぎ」

「でも、あったんでしょ？」

　キラキラしたまなざしを向けられ、あたしはため息をついた。

「もう少し落ちこませておけばよかった」

「え、なになに？」

「だから！　圭太くんともちょっと話しただけで、とくになにかあったわけじゃないから！」

　そう言いながら、あたしは勉強机の上のスマホを取ろうと立ちあがる。

　そういえば、圭太くんにお礼を言ってない。

　べつにこちらから頼んだわけじゃないし、結局は石丸くんに言われたからだったわけだけど……あんな遅くまで一緒にいてくれたのに。

　帰りぎわも瞳がいたから、バタバタしちゃって『じゃあね』と、軽く挨拶することしかできなかった。

　今さらだけど、ちゃんと家に帰ったかな……。

　そんなことを考えながら、スマホの画面を点《つ》けた。すると表示されたのは、今まさに考えていた人からのメッセージだった。

「え……」

　送られていたメッセージを読んで、あたしは思わず声をあげる。

「ん？　なに、どうしたの？」

「いや、あの……これ」

不思議そうにこちらを見る瞳に、あたしは迷いながらもそのメッセージを見せた。

「……どうするの？」

あたしが瞳でも、たぶん同じ言葉を返したと思う。

「どうするもなにも……ね」

普通ならきっと行かない。今日あったことがことだし、どんな顔をして会えばいいのかわからない。でも……。

「迷ってる顔、してるよ」

「……」

瞳の指摘は正しくて、うまく返事ができなかった。

【おつかれ。朝日のことあきらめるつもりないならさ、明日も来なよ。俺が呼んだことにするから】

それが圭太くんから送られていたメッセージ。

彼がなにを考えているのかわからない。行ったところで、あたしと石丸くんの関係が変わるとも思えない。

だけど、胸の奥にこみあげてくる感情は……会いたい。

二度もフラれたっていうのに重症すぎて、自分で自分を笑うしかなかった。

「やっぱり。来ると思ってた」

クスリと苦笑するのは——圭太くん。

「……」

あたしは冷ややかな視線を彼に向けたあと、その場から立ち去ろうと回れ右をする。

「あー、待ってって。せっかく来たんじゃん」

パシッと腕をつかんで引きとめられて、圭太くんをにらみつける。

「そんな怖い顔すんなって」

「誰のせいよ」

「え、俺？」

クスクスとからかうように笑う、その態度にため息をつかずにはいられない。

今、あたしが立っている場所は、圭太くんたちの通う学校の敷地内。

昨日メッセージをもらってから、どうしようかすごく悩んだ。行ったところで気まずいだけで、石丸くんとの関係が前進しないのはわかっている。

こうして圭太くんにからかわれるのも、予想はついていた……けど。

「来いって言ったのは圭太くんでしょ」

悩みに悩んで考えて、決心したのはついさっき。

不審者扱いされることも覚悟して、ひとりで他校に乗りこんだのは、来いって言ったのが圭太くんだったから。

昨日のこと、べつにあたしが頼んだことなんてひとつもないけれど……やっぱり、ひとことお礼くらい言っておくべきなんじゃないかと思った。だから……。

「なに？」

じっと圭太くんを見つめるあたしの視線は、きっとにらみつけるようにきついものだと思う。

だって……うん、やっぱりいや。

あんなふうに笑われたら、素直に『昨日はありがとう』なんて、とても言えなくなる。でも、言わなかったら言わなかったで、なにをしにここまで来たのかわからない。

言う、言わない。その二択で迷っていると……。

「……あ」

圭太くんの瞳が誰かをとらえて、目を少し大きく見開いた。

ドキッと、胸を強く打つ鼓動。

視線を追うように振り返ってみれば、そこには予想どおりの人がいた。

「蜂谷……」

あたしの名前を呼んで、呆然と立ちつくす人は……石丸くん。

わかってはいたけど、昨日の今日で『どうして』といわんばかりにとまどった表情を浮かべる姿に、胸の奥がズキンと痛んだ。

「えっと、あの……」

しどろもどろになりながら、なにか言葉をと思考を巡らせていた次の瞬間——。

グイッと引きよせられた肩、そして……。

「俺たちさ、付き合うことになったんだ」

そう告げたのは、圭太くん。

付き合うことになった……って。

「ちょっ……!?」

なに言ってんの!?

予想外の発言に、意味がさっぱり理解できなくて、すぐさま反論しようとした。だけど、それをさえぎるようにギュッとさらに肩を引きよせられる。

圭太くんの吐息《といき》が、耳にかかりそうなくらい近い。

ふと目の前の石丸くんに目を向けてみれば、驚いた様子でポカンと口を開け、あたしたちふたりの姿を見ていた。

「……」

なん、だろう……悔しい。

昨日好きだって告げたばかりなのに。

それなのに、違う男子と付き合うことになったって言ってるんだよ？

しかも相手は自分の親友……。

少しくらい、ショックを受けたような表情をしてくれたっていいじゃん。

ギュッと握りこぶしをスカートの横で作る。そして——。

「そう、なの。圭太くんと付き合うことにしたの」

あたしは石丸くんに向かってそう言って、微笑んでいた。

もうなんだっていい。

どうせ昨日いろいろあったせいで、いいようには思われてないんだから。

だったら、少しでも彼の中に存在感を残したい。

心には届かなくても、頭の中だけでも。

あたしの存在、忘れないでいて欲しいから。だから……。

「朝日ー‼」

石丸くんのうしろからパタパタと、誰かが駆けよってくるのが見えた。

誰か……といっても、その『朝日』という呼び方と、耳につく甘ったるい声色で、誰なのかはすぐにわかった。

彼女、だ。石丸くんの彼女の……大西さん。

「あ……」

あたしたちの目の前までやってきた彼女は、あたしの姿を見て小さく声をあげた。

カップルそろって同じ反応。ここにいるはずのない人間がいるのだから当たり前だけど、なんだか妙にイラ立つ。

見れば見るほど、大西さんは普通の女の子。石丸くんはどうしてこんな人がいいんだろう。

そんな黒い感情を押しこめて、

「こんにちは」

あたしは彼女に笑顔で挨拶をした。

「あっ、こっ、こんにちは！」

「そんなかしこまらなくていいよ。同い年でしょ？　仲良くしてね」

「え、あ……うん」

ペコッと頭を下げる大西さんに、あたしはクスクスと小さく笑いながら、彼女の前に右手を差しだす。すると、明らかに動揺《どうよう》しながら大西さんは手を握り返した。

必要以上に警戒《けいかい》している様子がムカつく。

心配しなくても、アンタの彼にはきっぱりフラれてるんだってば。

ムクムクとわきあがったいやな感情は、どんどん膨らんでいって。

「実はあたしね、圭太くんと付き合うことになったんだ」

あたしは自ら圭太くんの制服の袖《そで》をひっぱり、彼の身体を引きよせた。そして、

「あっ、そうだ！　今度ダブルデートしない⁉」

まるで名案を思いついたように、ポンッと手を叩いて、提案した。

本心を明かせば、このメンバーで遊ぶなんてごめんだ。

〝彼女〟を連れた石丸くんの姿なんて見たくもない。……でも。

「あ、いきなり一日だとお互い緊張しちゃうよね？　だったら放課後に少しお茶とかどう？　おいしいケーキのお店知ってるの」

自分でもらしくないことを言って、柄《がら》にもなくニコニコと笑顔を向けている。だけど、こうでもしないと約束を取りつけることなんてできないと思ったから。

「あ……えっと、サッカー部の練習がない日なら大丈夫、かな……？」

とまどった様子を隠しきれない大西さんは、隣に立つ石丸くんに問いかける。

決して乗り気ではないことは伝わってきたけれど、こんなふうに誘われたら普通は断れない。

「ああ……練習がない日なら」

「本当⁉　よかったー！」

思惑《おもわく》どおりの返事に、あたしは満面の笑顔を貼りつけて、わざとらしく喜ぶそぶりを見せた。

# だから、俺にすれば

「へぇー……それで、今日がそのダブルデートの日っていうわけ」

放課後、最後の授業が終わってすぐ。机の上に鏡を立て、めずらしくメイクするあたしの姿を見ながら、瞳がつぶやく。

圭太くんと石丸くんと、その彼女である大西さんと。放課後にダブルデートをする約束をして数日。中間テストの期間だとかで、サッカー部の練習は休みらしく、それは思ったよりも早く実現することになった。

「なかなかすごいこと言いだすよね、花音も」

冷やかすように、ニヤリと笑いながら言う瞳。

あたしは頬に軽くチークを入れながら「そう？」と、簡単に返事する。

圭太くんと石丸くんが親友なのだから、ダブルデートすること自体はべつにおかしなことじゃない。

ただ、まぁ……純粋な動機ではないことは認めるけど。

クルンと上に向いたまつ毛を鏡で確認して、パチパチと瞬きする。

ハーフアップにしてリボンのバレッタでとめた髪も……うん、完璧。

自分で言うのも図々しいと思うけど、そこらへんのアイドルよりずっとかわいいと思う。当然、石丸くんの彼女の大西さんよりも。

「でもさ……そのダブルデート、花音の彼氏くんはなんにも言わなかったわけ？」

「……」

瞳のコメントに、広げた化粧品をポーチの中へと片づけていた手を止める。

あたしの彼氏くん……って。

「その言い方やめてくれる？」

目を細くして注意すると、「えー、だって彼氏じゃん？」と言い返され、あたしは言葉をつまらせた。


彼氏っていうのはほかでもない、圭太くんのこと。

あの時、なかばヤケクソになって、『付き合うことになった』と、口裏を合わせた。

そんなあたしを圭太くんは、ケラケラとバカにするように笑うばかりで。

『ホント、思ってもみないこと言いだすよな』

石丸くんと大西さんが離れたあと、苦笑いとともにそう言われた。

『ダブルデートなんか企画してどうすんの？』

『……』

『朝日の気持ちがかたむくとでも思ってんの？』

『……』

あーもう。だから、圭太くんの言葉には乗せられないつもりだったのに……っていうか、

『圭太くんの考えてること、ぜんっぜんわかんないんですけど！』

あたしはキッとにらみつけて、そう叫んでいた。

石丸くんに近づきたいのなら、自分と付き合えと提案してみたり。じゃあ協力してくれるのかと思いきや、今みたいに絶対ムリだとあざ笑うようなことを言ってきて。

どうしたいのか全然、まったく、これっぽっちもわからない。

『ムダだと思うなら、べつに付き合ってくれなくったっていいよ！　その代わりに、もうあたしにかまわないで！』

イラ立つ気持ちのまま勢いよく言いはなって、あたしは圭太くんにプイッと背を向けた。そしてそのまま、今日を迎えたわけなのだけど……。

「……べつになんとも言ってこなかったよ」

一瞬、瞳に説明してあげようかと思ったけど、思い出したらイライラしてきて、

やっぱりやめた。

付き合ってくれなくてもいいと言ったけど、それで『はい、わかりました』って、引きさがるような相手じゃないことは知っている。

実際、数日後には【この日の放課後はどう?】ってメッセージが普通に送られてきたし。

なにを考えているか、わからないからムカつく。

圭太くんをおもしろがらせるような展開にはしたくないって思う。……でも。

「まあ、行ってくるよ」

「がんばってねー!」

あたしはカバンを持って席を立ち、いつもよりずっと早く学校を出た。

三人とは現地で待ちあわせ。

数カ月前に駅の裏にできた、こじんまりとしたケーキ屋さん。古びた商店街の片隅にあって、あらかじめ知っていなければ立ちよることもないであろう、隠れ家のようなお店だ。

ケーキとかカフェとか、それほどくわしくないあたしだけど、ここは瞳に誘われて一度来たことがあり、また訪れたいと思うくらい、ケーキがとてもおいしかった。

あたしが先に着いたみたいで、店に三人の姿はまだない。

もしかして迷ったかな……と、少し心配してみるけど、なんの連絡も届いていない。

圭太くんに地図つきのお店の案内を送っておいたし、大丈夫でしょ。

とりあえず、席を取っておこうと先に店へ入ることにした。

白い木目調のドアを押すと、カランカランとドアベルの音。

「いらっしゃいませ」という声と同時に目に入ったのは、ケーキが並んだショーケース。

「えっと、あとからもう三人来る予定で、カフェの利用をさせていただきたいんですけど」

あたしが言うと、二十代なかばといった感じの綺麗な店員さんが「かしこまりました」と、返事してくれて。

「空いてるお席にどうぞ」

にっこりと笑顔で案内された。

店に入ってすぐ右側にある、小さなカフェスペース。席はふたりがけ、四人がけのテーブルが合わせて四つしかない。雑誌で紹介されたこともあって、休日の午後はいつもいっぱいなんだって、瞳が言っていた。

……よかった。今日はまだ空いている。

二組先客がいたけど、幸い一番大きな四人がけのテーブルには誰もいなくて、あたしはそのテーブルの一番奥に腰かけた。

「ご注文は、みなさんおそろいになられてからにしますか？」

「あ、はい」

お水と一緒に持ってきてくれたメニュー。ショーケースにあるケーキひとつと、コーヒーか紅茶をセットにすると七八〇円で、これにしようかなってぼんやり考えていた時。

カランカラン。

さっきあたしも鳴らしたドアベルの音。

「あ、このお店知ってる！」

そんな声のするほうを見れば、入り口にはもはや見慣れた制服の女子生徒が立っていて、その隣にはやっぱり見慣れた男子がふたり。

「石丸くん！　圭太くん！」

あたしは立ちあがって、こっちこっちと手招きした。

「もしかして結構待たせちゃった？」

あたしの前で、まっ先に声をかけてくれたのは石丸くん。

「ううん、あたしも今来たところ」

にっこりと笑顔を浮かべると、石丸くんは安心したように「そっか」と、返してく

れた。それに対して、圭太くんはというと、

「よっ」

片手を上げて、軽い挨拶。

わかってはいたけど、この前関わらないでと声を張りあげたこととか、まったく気にしてない様子にイラッとせずにはいられない。

あたしは無言のまま圭太くんからプイッと目をそらすと、

「大西さん、こんにちは」

「あっ、こんにちは……」

にっこりと笑顔を浮かべ、石丸くんの隣に立つ彼女に声をかけた。

「このお店知ってたの？」

「えっと、友達においしいって聞いたことがあって」

「そうなんだ！　あたしも友達に連れられて来たことがあるんだけど、本当にすごくおいしいんだよ」

本当は自分から声なんてかけたくない。でも、石丸くんに嫌われてしまわないように、石丸くんのためだけに、必死に大西さんと仲良くしたい女の子を演じる。

そうしていると、店員さんが追加のお水を持ってきてくれて、自然とうながされるように、三人は席に着いた。

あたしの隣に圭太くんで、目の前には大西さん。石丸くんは大西さんの隣で、あたしの斜め前。

当然ともいえる席順だけど、一番遠い距離にほんの少しがっかりした。

「みんなはなににする？　あたしはこのケーキセットにしようと思うんだけど」

メニューの、さっき見ていたページを開いて指さす。すると、みんなこのセットがいいという話になって、それぞれケーキを選んで注文した。

あたしの前にはオレンジピールがちょこんと載ったザッハトルテ。それから紅茶の湯気がゆらゆら揺れるティーカップ。

目の前の大西さんはイチゴのショートケーキを注文していて、ひときれ口に運ぶなり「おいしい！」と、声をあげた。

「あ、本当だ。うまい」

続けて声をあげたのは石丸くん。石丸くんが選んだのは、色とりどりの果物がこれでもかっていうくらい載ったフルーツタルト。

彼のイメージと少しかけ離れたかわいらしいケーキの選択に、ほんのちょっと違和感を覚えた。だけど、その理由はすぐに明らかになった。

「……」

石丸くんのタルトをじーっと見つめる大西さん。

「……なに」

石丸くんが声をかけると、

「おいしい……？」

大西さんは目をキラキラさせながら尋ねた。

言いたいことはもう、その仕草だけで充分わかる。

「ほら」

「わーい！　ありがとー！」

石丸くんはあきれたように小さなため息をついたあと、タルトのお皿を大西さんの前にスライドさせた。すると、満面の笑みでうれしそうにタルトをほおばる大西さん。

なんて図々しいんだろう……。

そう思いながら石丸くんへ目を向けると、そんな大西さんを見ながらフッと笑った。

「食いすぎだから」

「えー、いいじゃん」

「いつもそんな食ってんの？」

「いつもは食べてないよ！　だって、ほとんど朝日にあげてるし！」

言葉にはトゲがある。でも……優しい表情には、彼女を想う気持ちがあふれていた。

かわいらしいタルトを選んだのも、きっと大西さんのためだ。

そういえば、ケーキを選んでいた時、大西さんは悩んでいたような気がするし……。

胸の奥がチクンと痛む。同時に黒い感情が、あたしの心をむしばんでいく。

どうしてこんなに愛されているのが、大西さんなんだろう。

全然かわいくない、普通の女の子なのに……。

フォークを持つ手に、ぎゅうっと力が入る。……と、そこに、

「あ、俺たちも交換する?」

横から声をかけてきたのは圭太くん。

「え、いや……あたしべつにチーズケーキ食べたくないし」

いきなりのことにとまどいつつも返事した。ところが、

「俺はそれ気になる」

そう言って、圭太くんはあたしのザッハトルテをひとくちぶん奪い取った。

「あっ、ちょっと!」

食べていいなんて言ってない!

あたしは反射的に、圭太くんにいつもの調子で声を荒らげてしまった。

「お、これうまい」と、満足そうに声をもらす圭太くん。でも、

「……」

あたしたちの前に座るふたりはポカンとしていて。

や、やばい。

「……も、もう、勝手に取るのやめてよー」

キャラじゃなかったと焦《あせ》ったあたしは、困ったように笑顔を浮かべ、圭太くんの背中を軽く叩いてごまかした。

すると、圭太くんはチラッとあたしを見て……クスッと笑みを浮かべる。

——こ、この人っ！

確信犯だ。わかっててわざとやってるんだって気づいて、カッと頭に血がのぼる。

だけど、文句のひとつでも言ってやりたい気持ちを、あたしはぐっとこらえた。

悔しい……けど、石丸くんの手前、これ以上素の自分を見せるような失態はおかせない。

それでもせめてテーブルの下、すぐ隣にある足を踏んづけてやろうとした時。

「でもさ、この前大西さんが作ってくれたケーキも、なかなかおいしかったよね」

ニッと笑って圭太くんが言った言葉に、あたしの足は宙で止まる。

ケーキ……？

「大西さん、料理が得意なの？」

純粋に疑問に思った。

「いや、得意っていうわけではないんだけど、調理部で……」

「いつも朝日に手作りのお菓子、持っていってるんだよね」

「まぁ……」

圭太くんの言葉にドギマギしつつ、うなずく大西さん。

「そう、なんだ……」

そういえば、作ったからと言いながら、石丸くんに包みを渡していたことがあったっけ。きっとあれがその〝お菓子〟だったんだ。

ぼんやりとした記憶に納得しながら、とりあえずのお世辞《せじ》で「すごいね」と返す。すると、「ううん」と大西さんは首を横に振った。

正直なところ、調理部だなんて意外。彼女のことをそれほど知っているわけではないけど、控えめに言えば不器用そう……はっきり言えばガサツな感じに見えて、とても料理やお菓子作りが得意な雰囲気じゃなかったから。

メイクはおろか、無造作に伸ばされているような髪は、ヘアアレンジもされていない。

一見女子力は低そうに見えるけど、意外と女の子らしいそのギャップに石丸くんは惹かれたの……？

聞きたいけれど、聞きたくなくて。あたしは大西さんが調理部という話にそれ以上はふれず、ひとくちぶんなくなったザッハトルテに意識を集中させた。

それからの会話は世間話というか、内容がないようなことばかり。

名目はダブルデートなのだから、恋愛関係のことを話すべきなんだろう。だけど、石丸くんと大西さんのふたりがそろうシチュエーションで、そんな話はしたくないと思った。

ふたりの姿を目にするだけでも心が苦しいのに、さらに恋愛トークなんてムリ。

それっぽい話になるたびに、あたしはさり気なく話題をそらした。

そしてケーキを食べおえたあたしたちは会計をすませ、店の外へ出た。

「……で、これからどうする？」

そう尋ねてきたのは圭太くん。

「うーん、そうだね……」

お茶するところまでは考えていたけれど、そこから先のことは考えていない。

……と、いうか、本当はもう少し店内でゆっくりする予定だったんだけど、席が空くのを待っているお客さんもいて、早めに出てきてしまったんだよね。

時刻はまだ五時を過ぎたばかり。

「もう帰る？」

「え……」

何気なく言ったであろう石丸くんの発言に、あたしの心は曇る。

だって、このまま解散したらきっと、石丸くんは大西さんと一緒に帰るなり、出かけるなりしてしまうだろう。

そこが指定席とばかりに、石丸くんの隣に立つ大西さん。当然のように一緒にいる彼女を見ていたら悔しさがこみあげてきて、そうさせるのはいやだと思った。

だから……。

「……あ、あそこは？　久しぶりにあそこ行ってみない⁉」

思考をフル回転させて、思いついたひとつの場所。

「あそこ？」

「ほら、中学生の時によく行ってた！」

首をかしげる圭太くんに、あたしは少し興奮して言った。

そうだ、あの場所があった。我ながらなんていいアイディアなんだろう。

「もしかして……あそこ？」

圭太くんより先に気づいてくれたのは石丸くん。あたしは大きくうなずいて、

「ここから少し離れてるんだけど、時間大丈夫かな？」

大西さんに笑顔で問いかけた。

「うわ、すっげー懐かしい……」

駅から少し移動して目的地に着くなり、感動したように声をあげた圭太くん。

「あたしも三年ぶりくらい」

言いながら足を踏みいれたのは、とある公園……というより、遊具なんかはほとんどないから、空き地と呼んだほうが正しいかもしれない。

「みんなここに来たことあるの？」

「中学の頃、学校のグラウンドを使えない時とか、ここで練習してたんだ」

ひとりなにも知らない大西さんに、石丸くんが説明する。

そう、ここは中学生の頃、石丸くんと圭太くんとよく立ちよった場所。

サッカー部のほかのメンバーも来たことがあったけど、あたしの中ではこのふたりの印象がとても強い。

学校のグラウンドで練習したあとも、熱心なふたりはここでさらに練習を重ねていた。

「本当、懐かしいね」

くるりと振り返って、あたしは石丸くんに微笑む。そして、

「ボール、まだあるかな？」

昔と同じように、空き地のすみにある木陰《こかげ》まで走っていく。

当時サッカー部全員が使っていたから、ひとつふたつ下の後輩たちは知っているは

ず。でも、あれから三年。自然と使われなくなったり、どこかにいってしまっている可能性も充分にある。

たまたまなのかどうなのか、今日ここにはあたしたち以外の人の姿はないし……。

あまり期待はしないまま、あたしは以前ボールを置いていた場所を見た。

「あ、あった！」

大きな木の幹のすぐうしろ、人工的に掘られたような地面のくぼみにスッポリとはまるように、サッカーボールがひとつ置かれていた。

「空気もちゃんと入ってる……」

久しぶりの感触は当時のまま。時々学校に持ち帰って、空気を入れたり手入れをしていた頃と変わらない。

「今も使ってるのかな」

「うん」

あたしのあとを追ってきた圭太くんの言葉にうなずいた。

そしてそのサッカーボールを、同じく追ってきた石丸くんにパスする。

「じゃあ、久しぶりにいっちょやるか」

「久しぶりって、今もほぼ毎日練習してんじゃん」

ドリブルを始める石丸くんに苦笑する圭太くんだけど、すぐにボールを奪おうとばかりに動きだした。

そのまま公園の中心まで走っていくふたり。あたしと……残されたのは大西さん。

「あーあ、あれはしばらく戻ってこないなぁ。ジュースでも買いにいこっか」

あたしは少し緊張した表情を浮かべる大西さんに、にこりと微笑んだ。


公園を出てすぐのところにある自動販売機。

そこで自分のお茶と、サッカーをしているふたりにスポーツ飲料を購入してから、また公園へと戻った。

「本当に変わらないなぁ……」

クスッと小さく笑って、木陰に座る。隣にはオレンジジュースを片手に、遠慮《えんりょ》がちに腰をおろす大西さん。

「ふたりのこと……よく知ってるんですね」

「マネージャーやってたからね」

謙遜《けんそん》するみたいな笑顔を作りながら、少し傷ついたようにも見える大西さんに対し、優越感にひたる。

意地悪だってわかってる。だけどここへ来たのも、懐かしいとか変わらないとか、昔を思い出す言葉ばかり並べるのも、全部計算。

大西さんにはどうやったって越えられない壁を見せつけたかった。

「あたしね、もともとサッカーに興味があったわけじゃないんだけど、ふたりを見てたら好きになったの」

同い年で、誰よりも努力を積み重ねていた。

だんだんと先輩にも負けない実力を備えていったふたりは、キラキラ輝いていて。

一番近くで応援できていることが、あたしの自慢だった。だから……。

「もうずっとね、一緒にいたんだ。学校での練習が終わってからも、ふたりについていってここでの練習に付き合って」

あの頃ふたりに……石丸くんに一番近い場所にいた女の子は、まちがいなくあたしだった。それなのにどうして……どうして今、一番近くにいる女の子はあたしじゃないんだろう。

「……なんか後悔してきちゃったな」

ボールを奪いあうふたりを眺めながら、ペットボトルを持つ手にギュッと力を入れる。

「あたしもふたりと同じ高校に行けばよかった。そしたら……」

ゆっくりと大西さんに目を向ける。

これ以上は言っちゃダメだと思いながらも、止まらなかった。

「石丸くんの彼女になれたのは、あたしだったかもしれないのに」

「え……」

思わずこぼれた本音。大西さんは目を見開いて、とまどった表情をする。

その様子がまたあたしをいちいちイラ立たせて。

「どうして石丸くんなの？　マネージャーをやってるわけでもない、サッカーにも興味がなさそうなあなたが、どうして？」

最低なことを言っている。その自覚はあるのに、あたしはつめよるのをやめようとしない。

「どうせ顔でしょ？」

石丸くんはカッコいい。中学の頃からそうだけど、高校生になってもっと目を引くようになった。大西さんもきっと、そんな彼のルックスに惹かれたひとりのミーハー女子に違いない。

そんな人……。

「似合ってない。石丸くんに全然つりあってない」

奥歯をかみしめて、まっすぐ大西さんをにらみつける。

「っ……」

傷ついたように下唇をかんで、うつむく大西さん。

「そう、ですね……」

ほら、やっぱり……。

顔だけなんじゃないと思った、次の瞬間。

「あたしはたしかに不つりあいだけど、どうせ顔でしょとか、なにも知らないあなたに言われたくないっ！」

パッと突然顔を上げた大西さんに、怒鳴りつけられた。

「……」

予想外の反応に、驚きのあまり言葉を失うあたし。大西さんは自分の荷物を持って立ちあがると、そのまま逃げるように走り去った。

うつむいたその顔から、ポタッと一粒の水滴があたしの目の前に落ちる。

「……ひかりっ⁉」

自分がなんてことをしてしまったのか、気づかされたのは石丸くんの声を聞いてからだった。

彼が呼んだのは、あたしの名前じゃなくて。

泣きながら飛びだした大西さんを、すぐに追いかけていった。

あたしのことなんて全然見もしないで、ただまっすぐ大西さんを追いかけて……。

「……なにしてんの」

木陰にポツンを座ったまま、残されたあたしに声をかけてくれたのは圭太くん。

「なにって……なにも」

「ウソつき」

すべてはお見とおしとばかりに即答。

……わかってるなら聞かないでよ。

「べつに……思ってたことを素直に言っただけだし」

プイッと顔をそむけてつぶやくと、「へぇ」と、表情の見えない言葉だけが降ってきた。

どうせ、あたしが悪いって責めたいんでしょ。

圭太くんの考えなんて、手に取るようにわかる。

「言いたいなら言えばいいじゃん。性格悪いって」

もう今さら傷ついたりしない。だって、自分でも自覚している。

「ほら早く……」

なかなか返ってこない返事に、しびれを切らしてこっちから催促《さいそく》しようとした……

その時。

ぎゅうっとあたしの体を、温かい感触が包みこんだ。

え……なんで？

あたし、圭太くんに抱きしめられてる……？

「ちょ、ちょっと……」

突然のことに状況が把握《はあく》できずに、あたしはとまどいながら体を離そうとするけど、

「っ……！」

いっそう強くなる圭太くんの力。

「なに、なんで」

まるで腕の中でおぼれそうになるような感覚で、必死で声をあげる。すると、「聞きたいのはこっちだよ」という圭太くんの小さな声が聞こえた。

「なんでそんなになるまで、朝日なんだよ」

ささやかれた言葉に、あたしは耳を疑う。

そんなこと言われても、自分でもどうしてかわからない。

男の人はいっぱいいる。石丸くんには二度もきっぱりフられている。

それでも……彼じゃないとダメで。今もどうしても……好きで。

「そんなの、わかんないよ」

聞かないでよ、そんなこと。

冷静に考えれば考えるほど、みじめになる。フられたくせにあきらめきれずに嫉妬《しっと》して、人を傷つけてしまった自分が。

あげくの果てに、好きな人に目を向けられることもなく、置き去《ざ》りにされてしまったんだから、みじめすぎて笑えるくらい。

……本当はね、わかってるの。

大西さんにどんなにひどい言葉を投げつけようと、負けてしまっているのは自分だって。

石丸くんが選んだ人には、どうやったってかなわないって。

それでも……。

「どうしたらいいか、自分でもわからなくなるんだもんっ……」

告白した時も、今日も。彼のそばにいると、想いがあふれて止まらなくなる。

黒くて醜《みにく》い気持ちの制御がきかなくなる。

「あの子がうらやましいっ……」

あたしだって、石丸くんの隣に座りたい。放課後にデートして、ケーキを半分こして、おいしいねって笑いあって。

泣いてしまった自分の名前を呼んで、心配して追いかけてきてほしい。

それなのに……それなのに。

「あたしがそばにいて欲しいのは、アンタじゃないっ……」

まるで八つ当たり。あたしは自分を抱きしめる圭太くんに向かって、声を荒らげていた。

圭太くんの前で泣くのだけはイヤだったけど、ポロポロとこぼれ落ちる涙は止まらない。

「あたしがっ、そばにいてほしいのは」

もう一度、感情にまかせて声をあげようとした時だった。

「知ってる。だから、俺にすれば」

ぎゅうっと、思わず息が止まるほどに、強く強く抱きしめられた。

「っ……」

苦しいって声にも出せないのは、圭太くんの様子がいつもと違うから。

顔は見えない。だけど、いつものふざけているような雰囲気じゃない。

俺にすれば……って、なに？

まさかまさかと思う気持ちが、ドキドキと鼓動を速くする。

……そんなはずない。きっとまたからかってるんだ。

もうやめてよって思うのに、その言葉を口に出すことができなかった。だって……。

「……俺にしろよ」

あたしを抱きしめる強い力とは真逆。細く震えるような声で、圭太くんが言うから。

やめてよ……やめて。圭太くんのくせに。

どうしてそんな切ない声で、そんなこと言うの——。

## 絶対、好きにさせるから

もしかして……って、一度も考えたことがなかったわけじゃない。

中学の頃から、チャラい雰囲気で女子全般に優しかったけど、あたしにはとくによく話しかけてくれていた。それに、あたしから不意に声をかけた時に、心なしか顔が赤くなっていたように感じたこともあった。

だから、『もしかしてあたしのことを……？』なんて思ったことも、正直一度や二度あった。

でも、それは勘違いだって確信したのは、あの時。

あたしが初めて石丸くんに告白してフられた、あの日。

泣きじゃくるあたしのそばに、圭太くんはいてくれただけだった。なぐさめるでも、心の隙間に入りこもうとするわけでもなく、ただそばにいてくれただけ。

その様子に、やっぱり違うと思った。もし予想どおりだったら、なにかリアクションしてきたはずだもの。それなのに——。

「……はぁ」

放課後にダブルデート……と呼べるのかはわからないけど、それっぽいことをした翌朝。あたしは人の姿がまばらな教室で、ため息をついて机の上につっぷした。

「わ、もう来てんじゃん。おはよ！」

パシッと背中を軽く叩いて、声をかけてきたのは瞳。

「昨日から既読スルーすんのやめてくれる？……って、なに⁉　どうしたの？」

瞳はいつものように前の席に座って、あたしの顔を見てギョッとした。

それもそのはず、泣きじゃくったのと眠れなかったのとで、あたしの顔はボロボロ。

きっと昨日教室を出ていった時とは、似ても似つかぬ別人のような顔になっているだろう。

「ひっどい顔してるでしょ」

なかばヤケになってフッと笑ってみせると、

「いや……なに、昨日うまくいかなかったの？」

瞳は顔を引きつらせて聞いてきた。

「うん、大西さん泣かせて……今度こそ本当に嫌われたと思う」

「それで、その顔？」

いっそ笑ってくれればいいのに。

「そんな明らさまに心配そうな顔されたら、逆に傷つくんだけど」

そう言ってみても、目の前の瞳は深刻な表情のままで。あたしはあきらめるようにため息をついた。

泣いたのはたしかに、苦しくて苦しくてしょうがなかったから。

どうにもならないってわかっているのに感情を抑えきれなくて、どんどん醜い女になっていく自分が、みじめで情けなかった。

でも、昨日まったく眠れなかったのは……。

「……俺にすればばって、どういう意味だと思う?」

「は……?」

ポツリとつぶやいた言葉に、瞳は首をかしげる。

「だから、俺にすれば、ってどういう意味だと思うか聞いてんの」

同じことを二度も言わせないでよと、少しイラッとしながら言うと、

「それ……もしかしてあの彼氏くんに言われたわけ?」

心配してくれていた表情から一変。瞳は楽しそうな笑顔さえ浮かべて、聞いてきた。

「ほかに誰がいるっていうの」

「へぇー……」

「ちょっと、ニヤニヤするのやめてよ」

ムッとしてとがめてみるけど、「べつにいいじゃん」と瞳の表情は変わらない。そして、

「どういう意味って、そのままの意味でしょ。石丸っていう人をやめて、自分にしろって意味」

それは、つまり……。

「花音のことが好きってことでしょ」

「……」

さらりと告げられた言葉に、あたしは口をつぐむ。

やっぱり……。やっぱりそう思う、よね……。

昨晩から一睡《いっすい》もできなかった理由は、これ。

圭太くんの言葉の意味を考えていたら、全然眠れなかった。だって……。

「……告られてるのに、全然うれしそうじゃないね？」

不思議そうに顔をのぞきこむ瞳に、あたしはため息で返事した。

「うれしいとかうれしくないとかの前に、頭がついていかない……」

だって、圭太くんだよ？　相手はあの圭太くん。

あたしのことを性格が悪いとか平気で言うし、人のことバカにしてからかってばっかだし……。

昨日あんな決定的なことを言われた今でも、やっぱりいつものようにからかわれてるだけなんじゃないかと思う。

でも……昨日の圭太くんの様子は、まぎれもなく〝本気〟だった。冗談で抱きしめている感じではなかった。

それくらいあたしだってわかるから、眠れなくなるくらい困惑しているわけで……。

「うーん……それってそんなにビックリすること？」

瞳の言葉に、あたしは「え？」と顔を上げる。

「前からなんとなく、花音のことを好きなんじゃないかなって思ってたけど。要するに好きな子を思わずいじめちゃう男子ってこと」

「……」

……さっぱり意味がわからないんだけど。

「まぁいいや。頭がついていかないのは置いといて、昨日、俺にしろって言われて、そのあとどうしたわけ？」

「……逃げた」

「へ？」

「そのままなにも言わずに帰ったの！」

あたしが声を張りあげて説明すると、瞳は「えー‼」と非難《ひなん》する声をあげた。

「うっわ、彼氏くんかわいそー……」

「だからその呼び方やめてって！」

我ながら、ひどいことをしたことくらいわかっている。

でも、本気だったから……。圭太くんの雰囲気が真剣だったからこそ、どうすればいいかわからなかった。とにかくあの場から逃げたかった。

いつもとは打って変わって逆の立場。軽蔑《けいべつ》するような白い目を、あたしに向ける瞳。

「心配して損したぁー。花音は結局いいよね」

クワァーと大きく伸びをしながら、瞳はイスから立ちあがる。

「なにが」と、小さく問いかけてみれば、

「そばにいてくれる人がいつもいて」

ニヤニヤと冷やかすように笑いながら、そう返事された。

「なにそれ……」

違う、誰でもいいわけじゃない。あたしがそばにいて欲しいのは石丸くんだけ。

……そう思うのに、なぜか瞳の言葉をきっぱりと否定することはできなかった。

「とりあえず、保健室で保冷剤もらってきてあげる」

「その顔、ひどすぎるから」と続けられ、あたしはプイッと顔をそむけた。

――もう絶対に合コンに付き合ったりしてあげないんだから。

ここぞとばかりに、瞳に上から目線になられるのが悔しくて、ひそかに頬を膨らませる。

でも、話を聞いてくれただけでも、心が少し軽くなったような気がした。

『ありがとう』なんて、絶対言ってやんないけど。


昨日、『同じ高校に行けばよかった』なんて、大西さんに言ったばかりだけど、今日は違う高校でよかったと、心の底から思った。

もし同じ学校だったら、いやでも顔を合わせることになるから。

瞳と話して少し落ち着いたものの、どうしたらいいかとか具体的な考えはまったく見えてこない。とりあえず、このまま少し時間と距離を置いて、ゆっくり考えてみようって、そう思っていた。それなのに——。

「ちょっとちょっと！　校門の前にすっごいイケメンがいるらしいよ！」

「え、ウソ⁉」

放課後。瞳と一緒に下駄箱まで下りると、学年問わず生徒たちがざわついていた。

女子校だから、他校の男子が校門で待っていたりすると、あっという間にウワサになる。それがカッコいい人ならばなおさら……なんだけど。

「今日はいちだんと騒がしいね」

「えっ、えっ！　めっちゃ気になるっ！」

いつになく目をキラキラと輝かせる瞳。

まったく……。

つい先日痛い目にあったばかりなのに、反省というものを知らないんだろうか。

「花音、早く行ってみよ！」

ローファーに突っこんだつま先を、トントンさせながら手招きする瞳。あたしは「待ってよ」と、あきれながら追いかける。

「誰かと待ちあわせですかー？」

「あぁ、うん。ちょっと彼女を」

校門のほうへと近づいていくと、人だかりの中からそんな会話が聞こえてきた。

……ほらね、やっぱり。

イケメンだとか騒がれる人が、フリーなわけがない。

「瞳……」

他人の彼氏を見たって意味ないじゃんと、先に歩く瞳を止めようとした……その時だった。

「あ……」

あたしか瞳か、はたまた彼か。

誰が最初だったかわからないくらい、三人が同時に声をあげた。

なんで……。

ビックリしすぎて声も出ない。

なんで圭太くんがここにいるの……。

「か、花音……」

隣に立った瞳が少しとまどった様子で、あたしの制服の袖をひっぱる。

「もしかして彼女って……」

圭太くんを囲んでいた女子たちがいっせいにこっちを見て、ハッとしたあたしはそのまま無視して通りすぎようとした。

……だけど、

「待ってよ」

あたしは腕をつかまれ、圭太くんに呼びとめられた。

「彼氏が来たのにシカトするとか、ひどいじゃん」

圭太くんの発言に、「やっぱり蜂谷さんかー」とか、「蜂谷さん相手じゃかなわないよ」という悲鳴にも似た声が、周りからあがる。

「か、彼氏って！」

「彼氏でしょ？」

「っ……」

つかまれた腕にグッと力がこめられ、あたしは口ごもった。

圭太くんの言っていることは、たしかにまちがっているわけじゃない。でも……。

「ちゃんと話、したくて来たんだけど」

どうしたらいいかわからず突っ立ったままのあたしに、いつになく真面目な顔をして圭太くんが言った。

いつもヘラヘラ、本心のつかめない態度ばかりしてるくせに、こういう時だけずるい。そんな顔されたら、いやだなんて言えなくなる。

チラッと瞳の顔を見てみれば、コクンと静かにうなずいた。

あー……もう本当に、あたしに逃げ場はどこにもないみたい。

「……わかったよ」

観念《かんねん》して返事をすると、つかまれた腕はするりと解放されて。圭太くんはほんの少し、ホッとしたように微笑んだ。

まさか……今日顔を合わせて話をすることになるなんて、思ってもみなかった。

あれから、ここじゃ話しづらいから、ということで、とりあえず歩きだしたあたしたち。

「どこか寄る?」って、圭太くんが聞いてきてくれたけど、お店で向かいあったら、それこそ話が進まなそうで。家の方向は同じだし、帰りながら話をしようということになった……の、だけど。

ふたりの間に、それらしい会話はまだひとつもない。あたしも圭太くんも黙って、ただ足を前に進めているだけ。

……なんなの。なんでなにも言わないの!?

初めは圭太くんが口を開くのが怖かった。なにを言われるんだろうってドキドキして、話を聞くのが憂鬱《ゆううつ》だった。

だけど、こうしてなにも言われないのも困る。

「あっ、あのっ!」

しびれを切らしたあたしは立ちどまって、圭太くんをじっと見つめた。

「話があるんじゃなかったの!?」

あたしだってヒマじゃないんだから。

あたしの困ってる姿を見て楽しんでるだけなら、やめて欲しい。

そんな言葉を飲みこんで、圭太くんの返事を待つ。すると、

「あぁ、ごめん。さすがにちょっと緊張して」

口もとを手でおおい、視線をはずして答えた圭太くん。

……緊張？

その態度と言葉は予想していたものとは違って、あたしは思わず目をパチクリさせた。

「緊張って、なんで？」

「……蜂谷、それ本気で言ってる？」

思ったことを素直に言葉にしてみたら、ムッとした顔を向けられた。そして、

「そんなうぶじゃないんだからさ、昨日のでわかってんでしょ」

圭太くんは一歩、あたしへ近づくと、

「俺が蜂谷のこと好きだって」

まっすぐ、あたしの目を見てそう言った。

「っ……！」

あまりにストレートに言われて、思わずあとずさる。

瞳にも言われた。自分でも考えて考えてたどり着いた結論は、それだった。

……だけど！

「ふっ、ふざけないでよ！」

「はぁ？　どこがふざけてんの」

反射的にあげた声に、圭太くんは眉をひそめる。

好きだと言ってくれている人に、『ふざけてる』だなんて、さすがにあたしも失礼だとは思う。でも……。

「だって……。今までさんざんバカにするようなこと、言ってきたくせに……」

いきなり〝好きだ〟とか、信じられない。

動揺を隠しきれずうつむくと、聞こえてきたのは「ごめん」という言葉。

……ほら！と思って顔を上げると、

「でも、バカにしてたつもりはないよ。まぁ、回りくどかったとは思うけど」

圭太くんは、ポリポリと首のうしろをかきながら、少し恥ずかしそうに言った。

なに……それ。じゃあ……。

「あたしのことが好きっていうのは、本気なの……？」

おそるおそる問いかけると、向かいあった圭太くんはなんのためらいもなく、すぐうなずいて。

疑問が確信になった瞬間、きゅっと胸がしめつけられる。

本当……なんだ。圭太くんは本当にあたしのことを……。

だったら――。

「ごめん、なさい……。あたし、圭太くんの気持ちには……」

応《こた》えられないと伝えようとした。

あたしが好きな人は、きっとなにがあっても変わったりしないから。……なのに、

「あー……ダメだよ。蜂谷はもう俺の彼女だから」

にっこりと向けられた、爽やかな笑顔。

「……は？」

しおらしく返事しようとしていたのに、思いがけない圭太くんの発言に、あたしはポカンと口を開ける。

「あの時、朝日の前で付き合うことにしたって言ったの、蜂谷だよね？」

笑顔はそのまま、一歩またあたしにつめよる圭太くん。

な、なに……。その笑顔、すっごく怖いんだけど！

縮められた距離を広げようと、あたしはあとずさろうとするけど、パシッと腕をつかまれて。

「人のこと利用するだけしておいてさ、俺の気持ちを知ったら捨てるとか、ひどくない？」

「……」

やっぱり笑顔。その表情とギャップのある言葉に、血の気がサァーッと引いていく。

圭太くんがつかみどころのない、意地悪な人になっていたのは感じていた。

だけどまさか、ここまでとは思わなかった。

「……もしかして最初から、これが目的だったの？」

「これ？」

「あたしと付き合うこと……」

もし、ここまで想定して行動していたとしたら、圭太くんは相当な策士《さくし》だ。

「ははっ、まさかー。こうなったのは、ほとんど成り行き。誰かさん、勢いで告白したり女の子泣かせたり、まったく予想できない行動するし」

「……っ！」

ドカッと大きな石を頭に乗せられた気分。

それ絶対バカにしてるよねって、にらみつけようとした。だけど、

「でも、そんな蜂谷を見て、よけいな駆け引きをしてる場合じゃないと気づいたんだけど」

圭太くんは、くしゃりと苦笑する。

「蜂谷があまりにも自分の感情に正直だから、俺もひねくれてられないなーって」

「なに、それ……」

ほめてるのかけなしてるのか、わからない。だけどその笑顔がなぜだかとても優しくて……あたしは思わず目をそらした。

だってなんだか、なぐさめられているみたい。

ただただ醜いばかりのあたしの行動を、なぐさめてくれているみたい。

圭太くんのくせに……。いつもからかってばかりのくせに……。

「俺は蜂谷のことが好きだよ」

もう一度、まっすぐ向けられた言葉に息を飲む。

「そんなこと、言ったって……。どっちにしろ、別れてくれる気はないんでしょ？」

「まあ、そんな簡単にはね」

「だったら好きとか、べつに言わなくてもいいのに」

圭太くんの言い方だと、どうせあたしからは別れたりできないんだから。

好きなんて言わずに、一方的に縛《しば》りつければよかったのに。そのほうがずっと圭太くんらしかったのに。

そして、そのほうがあたし自身も……。

なかなか聞こえてこない返事に、そっと顔をあげてみる。

すると、圭太くんは少し寂しそうな顔をしていた。だけど、それは一瞬。

すぐにフッといつものように笑って、

「同じ〝付き合う〟でも、気持ちを伝えてんのと伝えてないのとじゃ、全然意味合い違うでしょ」

「それに」と、続けて、

「絶対、好きにさせるから」

あたしの耳もとへと顔をよせ、ささやいた圭太くん。

「……っ！」

思わぬ不意打ちに、あたしは顔を赤く染め、

「残念ながら好きにはならないっ！」

再び歩きはじめた彼にそう叫んだ。

# 俺のものになればいいのに

……で、あたしはどうしてこんなことをしているんだろう。

部屋のすみにある全身が映る鏡の前。さっきまで身体にあてていたブラウスとスカートをその場に投げすてて、ベッドに腰かけた。

圭太くんに好きだと言われて、好きにさせると宣言されて。

『とりあえず、デートしよっか』

家の前まで送ってくれた彼は、にっこりと笑顔でそう言った。

弱いところを突かれてしまったというか、自分からは別れにくい状況におちいってしまったあたし。圭太くんにデートしようと言われれば、義務感からイエスと返事をするしかないのだけど……。

「べつに服装なんかどうでもいいじゃん……」

自分自身にツッコむみたいに、つぶやいた。

前みたいにダブルデートで石丸くんがいるならともかく、今回は圭太くんひとりだけ。はりきってオシャレする理由なんて、どこにもない。

だけど、少しだけそわそわして落ちつかないのはどうしてだろう……。

真剣に告白されたことを瞳に相談してみたら、『イケメンなんだし、そのまま付き合っちゃえば?』と、軽く流された。そして、

『それとも、やっぱりあの人のこと忘れられない?』と、問いかけられた。

忘れられるか忘れられないかと聞かれたら、忘れられない。

だけど、さすがにもうあきらめなくちゃとは思ってる。

彼女に、大西さんにあんなひどいことを言ってしまったんだもん。石丸くんだって、きっと軽蔑してるはず。

思い出したら、きゅうっとつかまれたように心が狭くなった。

恥ずかしい、苦しい。なぜあんなことを言ってしまったんだろうって、後悔が押しよせる。

……こんなあたしのこと、どうして圭太くんは好きなんて言えるんだろう。

ずっと疑問に思いながら、聞けないまま数日……とうとう今日まできてしまった。

率直に聞いてみたら、ちゃんと答えてくれるだろうか。それとも……。

「……」

ベッドに腰かけたまま、考えにふけるあたし。そばに置いていたスマホに指がふれ、何気なしにボタンを押して、飛びあがった。

「やっばい！　時間ない！」

あれから、いったんは投げすてたブラウスに袖をとおしてスカートをはき、カーディガンをはおって家を飛びだした。

髪の毛は適当にゆるく、少しだけ巻いてみた。

「っ、はぁっ……」

待ちあわせの駅前。

到着してスマホで時刻を確認してみると、約束の十一時になったばかり。

ええと、圭太くんは……。

べつに走ってきたわけじゃないけれど、六月に入って気温は上がり、少し早歩きしただけでも暑くて息があがる。

あたしは手のひらでパタパタと顔をあおぎながら、彼の姿を探した。

結構急いで来たけれど、まだ来てなかったらどうしよう。いや……圭太くんだし、遅れて来そうな気がする。

ムダに急いでしまったかなと思った……その時だった。

小さな噴水の前に、見覚えのあるシルエット。

あっと気づいて近よっていけば、彼の前には同い年くらいの女子三人がいた。

「えー、だから誰？　誰を待ってるの？」

「彼女」

「ウソだー！　中村くん彼女いないって言ってたじゃん！」

「それが最近できたんだよね」

聞こえてきた、会話の内容。口調から察するに、たぶん同じ学校の女子たちだろう。

……に、しても。圭太くんって、本当にモテるんだ……。

うちの校門の前で、あたしを待ちぶせしていた時も囲まれていたし、今も。

容姿がいいのはわかっていたけど、まさかここまでとは思わなかった。

……でも、たしかに。

ボーダー柄のインナーTシャツに紺色のシャツ、白いクロップドパンツをはいた圭太くん。無難《ぶなん》な格好をしているけど、背も高いしスラッとしていて、立っている姿はファッション雑誌のモデルみたい。今まで石丸くんばかり見ていて気づかなかったけど、実は相当カッコいいのかもしれない。

こんなにモテるのに、今まで彼女らしい彼女を作らなかったのは、あたしのことが好きだったから？……って。

「あっ、蜂谷！」

ぼんやり眺めていると、圭太くんとパチッと目が合って、ビクッと肩を震わせた。

待ちぶせされていた時と同じ。圭太くんを囲んでいた女の子たちが、いっせいにこっちを向いて。

「え、彼女ってあの人?」

あたしを見た女子のひとりが、少し驚いた様子で圭太くんに問いかける。すると、

「そう」

満面の笑顔で圭太くんはうなずいた。

「えー‼　めっちゃ美人じゃんっ!　あんな人に勝てない!」

女の子はそう声をあげると、パシッと圭太くんの胸を軽く叩き、

「せいぜいフられないようにね」

名残《なごり》おしそうにしながらも、「じゃあまた学校で」と、笑顔で手を振った。そして、こっちに軽く会釈すると、圭太くんのもとから離れていった。

こういう時って、てっきりにらまれたりするものだと思っていたから、あまりにあっさりした退散に拍子抜《ひょうしぬ》け。

思わずポカンとして立ちつくすあたしに近づいてきたのは、圭太くんのほうだった。

「さすが蜂谷はすごいなー」

「すごいって?」

「彼女って言うと、女子があきらめてすぐいなくなるから」

クスクスと笑いながらそう告げられるけど、

「……すごいのは圭太くんのほうじゃん」

「ん？」

「ずいぶんとおモテになるみたいで」

「……」

ボソッとつぶやくようにはなった言葉に、なぜだか圭太くんはキョトンとする。

「な、なに……」

モテてるのは事実だし、ヘンなことを言ったつもりもなくて問いかけると、

「もしかして、妬《や》いてる……？」

「はっ？」

「んなわけないかー」

あたしが否定する前に自己完結。

圭太くんはくしゃりと苦笑して、「蜂谷ほどじゃないよ」と、返事した。

「とりあえず行こっか。映画、チケット買わなきゃだし」

「あ、うん……」

うながされて歩きだすけど、なんとなくはぐらかされてしまった気分。

映画を観ることは事前に決めていて、それが最近公開されたばかりのもので。たし

かに早いところ、座席をおさえておきたいのはわかるんだけど……。

圭太くんより一歩うしろを歩いていると、いろんな人の視線を感じる。

言われたとおり、あたしに向けられる男の人の視線もあるけど……それと同じくらい、圭太くんも女子にチラチラと見られている。

圭太くんのくせに……って、なんでこんなこと思ってんの。

よくわからないけれど、少しだけムッとして彼の背中を見つめる……と。

あれ……？

ふと気になったのは、彼の首筋に流れる汗。

そういえば噴水の前にさえぎるものはなく、結構日が当たっていたような気がする。

でも、短時間立っていただけならば、こんなに汗をかくような陽気じゃない。

待ちあわせ時間ギリギリだったし、女の子たちに囲まれていたしで、聞いてなかったけどもしかして……。

「ねぇ、もしかして結構待たせちゃった？」

ほんの少し歩く速度をあげて、圭太くんの隣に立って聞いてみた。すると、圭太くんは少し考えるような間をあけたあと、

「すっげー待たされたって言ったら、手でもつないでくれんの？」

「はっ、なに言ってんの!?」

こっちは真面目に聞いているのに、ニヤッと笑ってふざけたことを言うから、つい声を大きくして立ちどまる。

そんなあたしの反応に圭太くんは笑って……結局また、はぐらかされた。

きっと結構待たせてしまったのは、まちがいないのに。

あたしはまた『ごめん』のひとことを、言いそびれてしまった。


駅前の大きなショッピングモール内にある、映画館。日曜日ということと、いくつか新作が公開されたばかりということで、チケット売り場は多くの人でにぎわっていた。

「ええと……二時ちょうどのがあるけど、それでいい？」

タイトルと上映時間、それから座席の空き具合が表示された電光掲示板。それを見上げて、圭太くんが問いかける。

「うん、あたしはべつにいいけど……本当にいいの？」

「ん？」

「だってこれ、恋愛映画だよ？」

圭太くんと約束していた映画。それは、ベッタベタな恋愛ものの邦画。

少女マンガが原作で、どう考えても男子が好んで観たがるようなものじゃない。

「蜂谷、このマンガ好きじゃなかったっけ？」

「え？」

「中学ん時、めっちゃすすめられて読まされた気がするんだけど」

「そうだった……？」

正直あまりよく覚えていない。

だけどたしかに中学生の頃、すっごくハマったマンガだった。言われてみれば、いろんな友達にすすめてコミックを貸したような気がしないでもない……けど。

「もしかして、原作のイメージ崩したくないから観たくないとか？」

「あ、いや……」

「じゃあいいじゃん」

なんの問題があるのとばかりの顔をして、圭太くんは平然とチケット売り場の列に並ぶ。そして当初の予定どおり、二時からのチケットを買った。

「時間あるし、先に昼飯でも食べにいこっか」

「うん」

圭太くんの言葉にうなずいて再び歩きだす。

「なにか食べたいものとかある？」

「うーん……とくにこれっていうものは」

あいまいな返事をしながら、あたしは少しビックリしていた。

だってマンガを貸していたとしても、あたしが好きだったことを、わざわざ覚えているとは思わなかったから。それに、なんだかんだ言いながら、圭太くんが一歩先を歩いて、さり気なくエスコートしてくれているし……。

さっきの、待ちあわせのことだってそう。今までの意地悪ばっかりな圭太くんからは想像できないっていうか……なんか、本当にあたしのことが好きみたい。


モール内のレストラン街までいって、いろいろと相談した末に、洋食店に入った。

ふたりがけのテーブルに、向かいあって座ったあたしたち。ランチメニューから、あたしはトマトクリームパスタを。圭太くんはハンバーグやエビフライの載った、セットメニューを注文した。

見るからに男子が好みそうな、わかりやすいメニュー。

食べ物の好みは、とても単純そうなのになぁ……なんて思っていると、

「どうかした?」

注文を終え、メニューをパタンと閉じた圭太くんが不思議そうに言った。

「ううんっ」

見つめていたのを気づかれたことになんとなく焦って目をそらすけど。

「あ、わかった。俺のカッコよさに気づいて見とれてたんでしょ」

フッと軽く笑った声。

またふざけたことを……。

そんなわけないじゃんって、あきれぎみに否定しようとしたあたしに、

「……なんてね。聞きたいなら聞けばいいじゃん。朝日のこと、気になってるんでしょ」

まるでお見とおしだよといわんばかりの顔をして、圭太くんが言ってきた。

「え……」

名前を聞いただけで、ドキンと胸が高鳴る。

動揺して、指先が震えてしまいそうになる。でも……。

「大丈夫だよ。アイツ、蜂谷のことそんなに悪くは思ってないから」

こちらから聞いてもないのに、石丸くんのことを話す圭太くん。

「むしろ、アイツもちょっと罪悪感を感じてるみたいだし……」

──どうして、そんなことを言うの。

「……さすがにもう、石丸くんとどうにかなろうとか思ってないから」

「本当に？」

「本当に」

あんなことをしてしまったというのに、圭太くんはまだあたしが石丸くんに近づこうとしているとでも思っているんだろうか。

人のことをどれだけポジティブ人間だと思っているんだろう。

そんな思いをこめて見ると、「強がらなくてもいいのに」と、わかったように笑うから、黙って顔をそむけた。

強がってなんかいない。まったく気になっていなかったかというと、それはウソになるけど……あきらめはもうついている。

それなのに……どうして蒸し返すようなことを言うの。

あたしのこと、好きなんじゃないの？

俺にすればとか、言ってきたくせに。

簡単に石丸くんの話を出すから、圭太くんの気持ちがわからなくなる……。

それから他愛《たあい》もない会話をしながら昼食をとって、映画館に戻った。

売店で飲み物と、圭太くんはポップコーンも買って、指定されたシアターに向かうと、案《あん》の定《じょう》女子だらけ。

彼女に連れられ渋々《しぶしぶ》ついてきた……という雰囲気の男性も何人かいたけれど、その数は圧倒的に少ない。

「ねぇ、やっぱり恥ずかしくない？」

「なにが？」

チケットを片手に座席を探す圭太くんに問いかけてみるけど、あまり気にしてなさそう。

もしかして、圭太くん自身が観たかっただけだったりして……。

少女マンガといえど、読んだことがあるのだから充分ありえる。そう思ったあたしは、それ以上は追及せずに黙って座席に腰かけた。

圭太くんも観たかったのなら、気にすることはないかと思ったんだけど。

映画の開始から十五分ほど。

視界のすみにカクンカクンと、揺れるものが入りこんで隣を見た。するとそれは、圭太くんの頭。

耳をすませば、スースーと小さな寝息さえたてて、圭太くんは眠っていた――。


「っ、ぐすっ……」

「ふあぁ……」

エンドロールも終わって、パッと点《つ》いた照明。

感動してハンカチで涙をぬぐうあたしの隣で、圭太くんは大あくび。

「あれ……。泣くほどよかった？」

「……」

少し驚いた様子であたしを見る圭太くん。そんな彼を、あたしはにらみつける。

……よかった。そりゃあもう涙がこぼれ落ちるほどよかった！

原作が好きすぎて、正直期待はしていなかったけど、最後のシーンなんて、涙なしには見られなかった。それなのに！

「なんで寝てるわけ⁉」

結局、ずっと眠ったままだった圭太くん。

あんなに素敵《すてき》な映画だったのに、誘ったのは圭太くんのくせにと声を張りあげると、

「ごめんごめん。恋愛映画とか、実はあんまり得意じゃなくてさ……」

圭太くんは、申し訳なさそうに返事した。

「……は、はあ？」

その言葉に、目をパチパチと瞬かせる。

だったらどうして、この映画にしたというのか。

「意味、わかんないんだけど……。いやだったなら、ほかの作品にすればよかったのに。あたしはべつに……」

よかったのにと言おうとしたあたしに対し、

「今日はどうしても一緒にいて欲しかったから」

そう言いながら、圭太くんは座席から腰をあげた。

え……？

「あ、ちょっと……！」

通路側から順に立ちあがって移動していく人の波。あたしも迷惑にならないように立ちあがり、前を歩く圭太くんのシャツの裾をつかんだ。

またはぐらかされるわけにはいかない。

今日はどうしても一緒にいて欲しかった……って。

「……どういう意味？」

逃がさないとつめよるように問いかけると、圭太くんは少し驚いた様子であたしの顔を見つめたあとに、小さく笑った。

「もう少し付き合ってくれたら、教えるよ」

「……パンケーキ？」

映画館を出て、ショッピングモールの敷地からも出て、少し歩かされて向かった先。

それは見た目もオシャレな、パンケーキのお店。

夕方を前にして、ちょうどお茶の時間。女子を中心に、お店の外まで行列ができて

いて、これは結構待たされるかな……と、思ったら、

「予約してあるから」

ひとことあたしに言って、列を無視して店内へと入る圭太くん。

え、予約……？

少し驚きながらあとを追いかけると、あっという間に『ご予約席』のプレートが置いてある席に。そして、

「ご注文は、お問い合わせいただいたものでよろしかったでしょうか？」

店員さんの問いかけに、

「まかせてもらってもいい？」

圭太くんがあたしに聞く。

「う、うん……」

あらかじめなにか注文していたってことだろうか。

メニューから飲み物だけ注文すると、店員さんは奥に戻っていった。

……に、しても。

さり気なく周りを見渡してみれば、見事に女性客ばかり。

それもそのはず、カフェっていうだけでも女子は大好きだけど、先ほど渡されたメニューには、ホイップクリームとシロップがかかったパンケーキを筆頭《ひっとう》に、かわいい

と言いたくなるようなパンケーキの写真がずらりと並んでいた。

なんていうか……意外。圭太くんがこんなお店に案内してくれるなんて。

しかも予約までしてあったし。

「圭太くんって、こういうお店によく来るの……？」

「いや全然」

即答された言葉に、だよね……と心の中で相づちを打つ。

どう考えたって、ファストフード店のほうが似合うもん。

じゃあどうして……？　ほかの女の子と来たとか……？

でも、彼女作ったことないみたいなこと、前に言ってたよね？

……いや、彼女じゃなくてもデートくらいしたことあるか。あんなにモテるんだし。

なんて、グルグルと考えを巡《めぐ》らせていると、

「妹がさ、話してたんだよ。来てみたいって」

まるであたしの心の声が聞こえたみたいに、圭太くんが言った。

「妹……？」

「そ。雑誌にここ載っててさ、行ってみたいって騒いでて」

「それなら――」

「あー……いいのいいの、アイツは」

アイツは……って。

あっさり言われた妹さんが、少しかわいそう。

でも、どうして妹さんが来たがっていた場所に、あたしをつれて来たんだろう。

そんな疑問を思い浮かべていると、あっという間にパンケーキが運ばれてきた。

「わあっ……！」

さっき注文したアイスティーと一緒に目の前に置かれたそれを見て、あたしは思わず声をあげる。

「かわいいっ！　花が咲いてる！」

普段《ふだん》、食べ物を写真に撮ったりはしないタイプ。見た目がかわいくても、きゃあきゃあ騒いだりはしないのだけど、これには……思わず声があがった。

まぁるくて見るからにふわふわのパンケーキ。

その上にはイチゴと、イチゴをつぶしたジャムのようなもの、そしてふんわりとしたホイップクリーム。

白いクリームの上には……ちりばめられた花。

小さな紫色の花が、いくつも咲いていた。

「これ、すみれ……？」

特別花にくわしいわけではないけれど、名前くらいはわかる。

かわいらしい花の形はそのままに、全体をおおようにうっすら振りかけられた、キラキラ輝く白い粒。

パンケーキのクリームに載っているくらいだから、それはきっと砂糖だと思った。

実際、そのとおりだったみたいで。

「数量限定なんだけどさ、この砂糖漬《づ》けの花のケーキが有名らしくて」

「へぇ……」

いかにも女子が好きそうだもん……と、そのかわいらしい見た目に頬をゆるめる。

「これ見た瞬間、蜂谷にピッタリだと思ったんだ」

「え？」

「名前に花入ってんじゃん？　……花音、って」

「……っ」

名前をただ、呼ばれただけ。

呼ばれただけ……なのに、不意打ちだったせいかドキッとした。

「苗字と合わせると、オレンジ色っぽい花のイメージだけど」

とかなんとか、笑いながら語る圭太くん。

やめてよ……。そんな顔して、あたしの話しないでよ。

「そっ、それで？　まだ聞いてないんだけど」

これ以上話を聞いていられなくて、わざと話題を変えた。

ドキドキとうるさい鼓動。これがなんなのかはわからない。

「聞いてないって？」

「あれ、あれだよ……さっき、今日一緒にいたかったとか……」

「あぁ……」

圭太くんのことだから、またはぐらかそうとするんだろうと思った。だけど、

「今日、実は誕生日なんだ」

「……は？」

思ってもみなかった回答が返ってきて、あたしは目をパチパチさせる。

たんじょう、び……？

「誰の？」

「俺の」

にっこりと笑って、人差し指を自分へと向ける圭太くん。

俺の……って。

「へ……えっ!?」

今日って圭太くんの誕生日!?

やっと理解したあたしは、思わず大きな声をあげた。

「……っ、なんで今まで言わなかったの？」

大声で人の視線が集まったことに気づいて、小さく頭を下げながら、圭太くんに問いかける。

「言ったところで、蜂谷絶対、ふーんで終わるじゃん」

「まぁ、そうかもしれないけど……」

「あ、もしかして言ってたらプレゼントとか用意してくれた？」

「ううん」

即答したあたしに、「ひっでー」と圭太くんは苦笑する。

『俺も蜂谷からのプレゼントとかいらねー』くらい、言い返してくれればいいのに。

「ま、そんなわけでさ、今日は蜂谷と一緒にいたかったんだよ」

「……」

まっすぐな圭太くんの言葉に、とまどわずにはいられない。

あたしと一緒にいたかったから？

「だから、観たくもない映画にしたの……？」

「ん？　まぁ、普通に俺の観たい映画とかだったら、蜂谷付き合ってくれそうにないじゃん」

「なにそれ」

たしかに、その予想はあながちまちがってはいないかもしれないけど、でも……。

「誕生日に蜂谷と一緒にいられてさ、こうして一緒にケーキ食えるだけでうれしいよ」

そう言って圭太くんは、自分の前に置かれたパンケーキにナイフを入れる。

あたしのとは違って、バターが載って、メイプルシロップがついた普通のパンケーキ。

なんだか、あたしのほうが誕生日みたい……。

映画も、パンケーキも、すべてあたしのため。本来なら主役であるはずの自分は、一緒にパンケーキ食べられるだけでうれしいって……。

「なに、それ……」

あたしは、圭太くんにも聞こえないくらい小さな声でつぶやいた。


行列ができるほど人気のお店だけに、パンケーキはとてもおいしくて。すみれの砂糖漬けは口に入れると、甘さと花の香りが口に広がった。

プレゼントなんてしないと言ったけれど、誕生日ならせめてここはおごる。そう決めていたのに、いつの間にか圭太くんが先にお会計をすませてしまっていた。

本当に最初から最後まであたしのため。

どうして……。

圭太くんの行動が全然理解できない。

だって……。


「……や、蜂谷？」

名前を呼ばれてハッと顔をあげる。

「蜂谷ん家って、このあたりだったよな？」

「あぁ、うん……もうすぐそこ」

カフェを出て、家まで送ってもらう流れになったのだけど、考えごとをしているうちについていってしまった。

「今日はありがと。じゃあ……」

家の前。圭太くんは軽く手を振って、背を向けようとする。それを、

「あっ、待って！」

あたしはとっさに呼びとめていた。

「ん？」と、少し不思議そうな顔をして、振り返る圭太くん。

「ねぇ、なんで……？」

素直に問いかけることに、ためらう気持ちはなかった。

だって、どれだけ考えたって自分ではわからないから。

「どうしてあたしのことが好きなの……？」

今日一日、ずっと考えていた。もしかしたら好きっていうのはウソで、石丸くんの彼女の、仕返しをされているのかもとさえ思った。

だけど……違う。

行動から、言葉から、痛いくらいに伝わってくる、圭太くんの気持ち。

……ねぇ、どうして。

「好きになるところなんて、ないでしょ……」

全部知ってるのに。

あたしがなにをしたか、どういう人間か、全部知っているのに、それで『好き』なんてとても信じられない。

そっと顔をあげて圭太くんを確認する。

「……たしかに、好きになるところなんてないよなぁ」

「なっ……！」

「でも、好きになるのは理屈じゃないってことは蜂谷が一番よくわかってんでしょ」

圭太くんは一歩、あたしに近づく。そして、

「俺も蜂谷と一緒だよ。べつにこだわることなんかないはずなのに、あきらめられな

いだけ」

片手をこっちに伸ばす。

「すみれってさ、ヨーロッパでは恋の花っていうんだって」

圭太くんの指先が、あたしの頬にふれる。

「中学の頃からずっと思ってた。俺のものになればいいのに……って」

「……」

なに言ってんのって突きとばしたいのに、顔もそらせない。

それどころか近づきすぎた距離に、呼吸の仕方さえわからなくなる。

ふれられた頬が熱い。

初めて見る圭太くんの表情に、動けない。

まるでこわれものを扱うような、そんな優しく切ない瞳で見つめないで。

あたし、あたしは――。

なにを言えばいいのかわからない。だけど、なんでもいいから口を開こうとした時だった。

「一緒にいられるだけでいいとか言ったけど、やっぱりプレゼントちょうだい」

「え……」

なにを?って聞き返す余裕もなかった。

目の前が急に暗くなって。
開きかけた唇を、やわらかい感触がふさいだ。
時間にしたら、きっと数秒。
だけどあたしには、まるで時が止まったかのように感じた。
今、自分に起こっていることの意味が……理解できなかった。
気づいた時には、目の前に圭太くんの顔。
目を見開いてポカンとするあたしに、
「……じゃあ、おやすみ」
圭太くんは小さく笑って、すぐに背を向けた。
ポツンと家の前に立ちつくす。
残されたのは、ドキドキとうるさい胸の鼓動。それから……。
そっと自分の唇にふれてみる。
「……」
まだ鮮明に残っている温もりと、やわらかい感触……。
「待っ、て……」
遠ざかる圭太くんに足を止めて欲しいわけじゃない。むしろ、止めて欲しくない。
だけど、待ってとこぼれた声。

その言葉は圭太くんへじゃなく、気づいてしまった自分に対して。
待って、待って、待って……。
直前の熱っぽい彼の表情が、頭から離れない。
「……っ！」
やっとあたしは動けるようになり、少しあとずさって、顔を赤く染める。
さっきのは、キス……。
圭太くんにキス……された……。

蜜いろ恋想い。

# 謝りたい

「花音ー、今日ってヒマ？」

「ごめん、今日は……」

放課後、カバンに荷物を詰めこんでいると、いつものように寄ってきた瞳。

きっと遊びであろう誘いを断ろうとすると、

「あ、もしかして彼氏とデート？」

こっちが全部言う前に、ニヤリと笑って返された。

「だからデートとか、その言い方やめてってば」

「じゃあなんて言えばいいの？」

「それは……」

用事……とか？

頭の中で考えながら、声には出さない。だって、なんだかそれも違う気がする。

「ほら、やっぱりデートなんじゃゃんー」

口ごもるあたしに、瞳はからかうように言う。

「最近さ、会ってる回数多くない？」

うれしそうに聞く瞳に「そんなことない」と返すけど、本当はそんなこと……ある。

サッカー部の練習もあるから、さすがに毎日とは言わないけれど、ここ最近圭太くんと会う回数は増えていた。

「で、今日はどこ行くのー？」

「べつにどこにも行かないって」

【放課後空いてる？】って、メッセージで呼びだされて、近くのファストフード店とかでなんでもない話をするだけ。

そんなことが、ここ二週間くらいの間に数回あった。

いつからかといえば、あの日から。圭太くんの誕生日だったという、あの日──。

「じゃあさ、どこまで進んだ？　キスくらいはもうした？」

「っ！」

バサバサッと音を立てて、教科書が落ちる。

「……え、マジで？　マジでしちゃったの⁉」

「ちっ、違う……‼」

慌てて否定するけれど、時すでに遅し。思いっきり動揺しているあたしを見た瞳は、

「へぇ……」とおもしろいものでも見つけたような顔をして。

「だからあれは、そういうのじゃなくて！　あっちがいきなり……」

ムキになって言い返してハッとする。

「え、いきなりされちゃったの？」

……やってしまった。

好奇心にキラキラと目を輝かせる瞳を前に、押し寄せる後悔。

「もっとくわしく！　くわしく聞かせてよ！」

「……やだ」

ようやく冷静になったあたしは、落ちた教科書を拾いあげる。

それに対して「なんでよー！」と、声を大きくする瞳。

「とにかく、瞳が思ってるような感じじゃないの。それに今日は……」

「今日は？」

「……なんでもない」

言いかけて、やめた。べつに話してもいいんだけど、こんなにからかわれておいて、ここで明かしてしまうのはしゃくだ。

「えー！　気になる！　教えてよー」

「いーや」

身を乗りだして聞いてくる瞳。

あたしはカバンの口を閉じて、お返しとばかりにあっかんべーをした。

「じゃあまた明日」

にっこりと笑顔を作って手を振ると、瞳は悔しそうに唇をとがらせる……けど。

「花音」

教室を出ようとするあたしを呼びとめて、

「前よりずっと明るい顔してるよ」

「いってらっしゃい」と、笑顔で手を振られた。


明るい顔って……？

あたし、そんなにいつも暗い顔してた？

自分ではよくわからない。明るい顔をしていると言われても、圭太くんに会うことがそれほどうれしいというわけでもない。

あたしが会えてうれしかった人は、石丸くん。

いつだって石丸くんだった……はず。

瞳に仕返ししたつもりが、逆に意味のわからないことを言われて。グルグルと考えていたら、いつの間にか待ちあわせ場所についていた。

駅前のコーヒーショップ。いつものファストフードじゃないのは、呼びだしたのが圭太くんじゃなく、あたしのほうだから。

店の外に彼の姿はなく、中を軽くのぞいてみても見あたらない。外で待っているのも暑くて、席の確保もかねて先に待つことにした。

カウンターでアイスのハニーミルクラテを注文し、受け取って空いていた席に座る。ストローでひとくち口にすると、つめたいミルクラテの中にハチミツの香りと甘みを感じた。

……待っているのって、なんだか緊張する。まぁ、あの時ほどじゃないけど。

あの時は、心臓がバクバクして気持ちが悪くなったくらいだ。耐えきれなくて帰ってしまおうかとさえ思った。

——圭太くんの誕生日の、次に会った時。

誘ってきたのは圭太くんなのに、あの日もあたしが先についてしまった。

指定された待ちあわせ場所が、こっちのほうが近かったこともあるけれど。

誕生日のデートの最後に、あんなことがあって……どういう顔をして会えばいいのか、わからなかった。

呼びだされて、どんなことを言われるんだろうっていう不安もあって、ずっとドキドキしていた。

……だけど、少し遅れて現れた圭太くんは、いつもの様子そのままで。

話の内容も拍子抜けしてしまうくらい、なんでもないことで。

あの……キスのことには、ふれなかった。

圭太くんが話さないのに自分から話題に出せるはずもなく、結局そのまま……。

あのキスはなかったみたいに、普通に彼と会っている。

やっぱり、なかったことにしたいのかな……。

それとも、キスのひとつなんてなんとも思ってないとか……？

ちゃんとした彼女はいたことないみたいだけど、そういう経験がまったくないと聞かされたわけじゃない。

性格はまぁ置いといて、顔はいいからかなりモテるみたいだし、その可能性は……ある。

「……」

あ、れ……？

胸の奥のほうがなんだかおかしい。

苦しいっていうか、モヤモヤするっていうか。

ギューッと押し寄せてくるような違和感に、あたしは自分の手を胸にあてる……と、

「蜂谷？」

「っ‼」

突然呼ばれて、肩をビクッと震わせた。

見上げると、不思議そうに首をかしげる圭太くん。

「なにかあった？」

「いや……」

考えていた内容が内容だったこともあって、ビックリして心臓がドキドキとうるさい。

圭太くんは「そっか」と短く言ったあと、

「遅くなってごめん」

肩からカバンをおろし、あたしの目の前に座った。

そしてテーブルに置いたのは、鮮《あざ》やかな黄色と茶色が混ざりあった液体に、ホイップクリームがたくさん載ったドリンク。

そういえば、チョコバナナなんとか……が、新発売とかってメニューにあったっけ。

でも、見るからに……。

「甘そうだね」

「ひとくち飲んでみる？」

思ったことを素直に声に出すと、圭太くんは水滴のついたカップをこっちに差しだした。

「……」

とくに飲みたいわけじゃないけれど、なんとなく流れで受け取ろうとして気づく。

もしかして、これって間接キスなんじゃ……？

自覚した瞬間、カァッと熱くなる顔。

目の前の圭太くんを見れば、なんてことのない涼しい顔をしていて。

「い、いらない！　逆に喉かわきそうだし！」

カップを圭太くんのほうに押しもどすと、

「……蜂谷、なにか怒ってる？」

不可解そうな顔で、問いかけられた。

「はぁ？」

怒ってるわけないじゃん。怒る理由がないでしょ。

圭太くんが今までどんな恋愛をしてきたのかなんて、あたしには関係ない話だし。

そう、まったく関係ない……それなのに。

あたしはどうしてイライラしているんだろう。

間接キスをしようとしていても、圭太くんが平気そうな顔をしているから？

だから、なんだかムカついた。

あたしのことを好きなくせに……って、なにこの感情。

まるであたしが嫉妬しているみたい。

わけのわからない感情に、冷静になろうとミルクラテに手を伸ばす。

すると、圭太くんは「まぁいいや」とつぶやくみたいに言って、

「それで今日はどうした？　蜂谷から誘ってくるってめずらしいじゃん」

改めて向けられた言葉に、そうだ……と、思い出す。

今日はあたしが呼びだした。用事が、話があったから。

ひんやりと冷たいミルクラテをテーブルに戻し、息を一度はいてから口を開いた。

「……会わせて欲しいの」

「誰に？　朝日？」

「ううん、石丸くんじゃなくて……大西さん」

石丸くんの……彼女に。

「……」

なかなか返ってこない返事に圭太くんの顔を見れば、目をまん丸にしている。

「……また宣戦布告？」

「違う！」

宣戦布告、って。

この人は、この期《ご》に及んでまだあたしがあきらめてないと思っているわけ？

「石丸くんのことはもうあきらめてる」

さすがのあたしでも、これ以上追い続ける勇気はない。

それに……気持ちは今ではもうずいぶん落ち着いていて、石丸くんのことを考えても、前みたいに胸がぎゅうぎゅうと締めつけられることはない。

実際に会ってはいないから、わからないところはあるけど……でも。

きっともう過去のことにできるような気がしてる。……だから。

「……謝りたい、の。その、大西さんに」

こんなことをあたしが言えば、たぶん圭太くんは……という予想はしていたけど、

「くっ……ははっ」

「わ、笑いすぎだから！」

わかっていたけど！

声を押し殺そうとして、押し殺せていない。顔をくしゃくしゃにして笑う圭太くんに、あたしは声をあげずにはいられなかった。

自分でもバカみたいで恥ずかしいと思う。

だから、笑われるのはわかっていたから、圭太くんには頼みたくなかった。

でも、ほかに頼める人なんていなくて。

意を決して、いきさつを全部知っている圭太くんに相談したのに。

「……ひどい」

目をそらしてポツリつぶやくと、「ごめんごめん」と軽く謝られた。

「結局、悪役にはなりきれないんだなーって思って」

「は……?」

言われたことの意味がよくわからなくて、再び目を向けると、

「うん、でも蜂谷のそういうとこ、いいと思うよ」

長い手を伸ばして、圭太くんはあたしの頭をポンポンとなでた。

「……っ」

その優しい笑顔に、息をのむ。

なに、よ……。思いっきり笑ってくれちゃったくせに。

「なによそれ……」

あたしは言いながら顔をそらした。

からかってるのか、なんなのか、圭太くんの行動はよくわからない。

……でも、一番わからないのはあたし自身。

どうして、声が震えるの。

どうして……こんなに顔が熱いの。

大西さんには、圭太くんから話をしてもらうことになった。

実際に会えるかどうかはまだわからない。あたしが謝りたがっていることを伝えてもらって、話はそれから。

大西さんが会いたくないと言えば、もちろん強要《きょうよう》はできないわけで。

そんな形で話はまとまって、あたしたちは店を出た。

いつものように「送るから」と、あたしより少し先に歩きだす圭太くん。

気になってくると、その言い方も行動も、ずいぶん手慣れているように感じる。

さっきの頭ポンポンだって、あっさりとやってのけすぎっていうか……。

「圭太くんってさ……」

「ん？」

――女の子とどこまで経験があるの？

さっきからずっと頭の中に浮かんでいる疑問。

口に出すのは恥ずかしくて、でも気になってしょうがなくて、口にするかどうか迷っている……と、

「蜂谷っ！」

「!?」

突然、焦ったような声をあげた圭太くんが、あたしの腕をひっぱった。

そのまま前のめりになって、ボスッと圭太くんの胸に倒れこむ。

それとほぼ同時。

リンリンとベルの音が聞こえて、あたしのすぐうしろを自転車がかすめて通りすぎていった。

「あっぶね……」

圭太くんのはなった声が、すぐ近くで聞こえる。

直接見たわけじゃないけれど、ものすごいスピードを風で感じた。

ぶつかっていたらたぶん、軽いケガではすまなかっただろう。

危なかった、怖い。冷静に考えればそう思うけど、それよりも今は——。

トクントクンとかすかに聞こえる鼓動。

以前にも嗅《か》いだことのある匂いと温もり。

「っ……」

まるでお風呂につかりすぎた時みたい。

ドキドキして、クラクラして、思考がうまく回らない。

圭太くん相手に、あたしどうして……。

泣きだしてしまいそうな感情に混乱していると、

「大丈夫?」

心配そうに圭太くんに問いかけられ、身体は離された。

「う、うん……」

うなずきながら、やっと空気を吸いこむ。

冷静さを装おうとしながらも、顔をあげられない。

あんなに密着して、圭太くんは平気なんだろうか。確認するように、ちらりと彼を見てみると、

「ボーッとしてたら危ないから」

めずらしく、不機嫌そうな顔。

たしかにさっきのは、考えごとをしていたあたしが悪かった。

「ごめん」と素直に謝ると、

「ケガとかされると困るから」

「気をつけて」と、頭の上に手を乗せられた。

またださ、また……そういうことをする。

赤くなってしまっただろう顔を見られたくなくて、うつむいた。すると、

「それで、さっきの続き……なに？」

あたしの異変には気づいていない様子で、問いかけてきた圭太くん。

「続き？」

「うん、なにか言おうとしてたじゃん」

言われてハッと思い出す。

そうだった。あたし圭太くんに今までの――。

「な、なんだったっけ……忘れちゃった」

「は？」

「たぶん、たいしたことじゃないから」

あははと笑ってごまかした。

だって、改めて考えてみれば恥ずかしすぎる。

それに今までの女性経験を聞くなんて、まるであたしが圭太くんのことを気にしているみたい。

そんなのありえないありえない、と心の中で繰り返して、あたしは歩きだそうとした。……だけど。

「じゃあさ、俺がひとつ聞いてもいい？」

圭太くんの声があたしの足を止める。

「朝日のことあきらめるって言ったこと、あれって、ホント？」

ドクン、と鼓動が強く打った。

まっすぐあたしを見る圭太くんの表情は、真剣そのもの。

「本当……だよ」

今度こそ本当に。

本当に石丸くんのことはあきらめるって決めた。

「……て、いうか、あきらめないのに大西さんに会いたいとか、さすがにないでしょ」

いくらなんでも、そこまでは性格悪くない……つもり。

少し拗《す》ねたように唇をとがらせあたしが言うと、

「よかった」

ホッとした様子で圭太くんがつぶやいた。

よかったっていうのは、それは……。

「大西さんがいい子だから？」

彼女を傷つけるなって、そういう意味？

そう考えた瞬間、チクッと胸が痛んだ。

またあたし、圭太くんの周りの女の子を気にしてる。

どうしてこんなことばかり考えるのか、自分自身が信じられなくて、たまらず視線をはずそうとすれば、圭太くんが小さく笑った声が聞こえた。そして、

「それもあるけど……俺にもチャンスあるのかなって」

「え……？」

「蜂谷の中の、朝日のポジション」

「あきらめるなら狙うから」と、続けて笑顔を向けられて、あたしはどうしたらいいかわからなくなった。

だって、ねぇ……もういる気がする。

石丸くんがいたのと近い距離。

胸の奥をさっきから、今も、ずっと。

トントンとノックしているのは、圭太くん……。

# 全部知ってた

はぁーっと大きく息をはく。

自分から会いたいと申しでておいて、いざとなったら逃げたくてたまらないなんて、あたしも弱い人間。

圭太くんに大西さんとのことを頼んで、結果の連絡をもらったのは翌日の昼だった。

【今週末の金曜なら空いてるらしいけど、どうする？】

そう確認してきた圭太くんに、じゃあ金曜の放課後でとお願いした。

もしかしたら会ってくれないかもしれないと思っていたから、約束を取りつけてホッとした。それに、心の準備もしっかりとしてきたつもり。

……なのに、いざその時が近づいてくると、緊張して不安になってきた。

はぁーっと、もう一度息をはきだすと、静かなその場に響くよう。

でも、なんでこんなところなんだろう……。

大西さんが指定してきた場所は公園だった。

遊具があって、子どもたちがたくさん遊んでいるような公園ではなく、ジョギングコースとかになっていそうな、大きな公園。

あたしはそこの、湖の前に設置されたベンチに座って大西さんを待っていた。

とにかく彼女が来たら、石丸くんのことはあきらめたことを伝えて、この前のことを謝ろう。

さすがにあれは、あたしも言いすぎだったと思うから。そして……。

フッと頭に浮かんでくる人の姿。それは……圭太くん。

大西さんに謝って、全部のことにケリをつけたら、本気で考えてあげてもいいかな……なんて。

今のような弱みを握られての関係じゃなく、本気で付き合ってあげてもいいんじゃないかって、ほんの少し思っている。

……って、ちょっと待って。

圭太くんと本気で付き合うってなに！

全然想像できないんですけど‼

「……っ！」

今までの関係が関係なだけに、改めて考えてみればなんだか恥ずかしくなってきて、ブンブンと頭を振った。……と、そこに、

「きみ、ひとり？」

前方から降ってきた声。

顔をあげると、見知らぬ男の人がふたり立っていた。

あたしとそれほど変わらない、だけど少し年上の雰囲気からして大学生だと思う。

「すっげーかわいいね！　ひとりならさ、これから俺らと遊ばない？」

「え、いや……」

「なんでもおごるからさ！」

いわゆるナンパというやつ。真面目に断ったところで聞く耳をもってくれそうにない様子に、あたしは目をそらしてベンチから立ちあがる。

大西さんと話をすることを考えて、公園の中でも人の少ない場所を選んでしまった。

もっと人のいるほかの場所に移動しようと、彼らを無視して立ち去ろうとした……けど。

「待ってよ」

「っ！」

男たちはあたしの腕をつかんで引きとめる。

「や、やめてください！」

「じゃあ逃げないでよ」

気持ち悪くて腕を振りほどこうとするけど、思いのほか力が強くてほどけない。

……っていうか、痛い。

必要以上の力でつかまれて、痛みで顔がゆがむ。

「離して！　誰かっ！」

「そんな大きな声出しても、ほかに誰もいないよ」

「……っ」

「ほら、来いよ！」

さらに力が強まって、グイッと腕を引かれる。

無理やり引きずられて、足が一歩前に出てしまった……その時だった。

「こっちです、おまわりさん！　こっち！」

突如《とつじょ》響いた声。

見れば、手を振って人を呼ぼうとしてくれていたのは……大西さんだった。

「はっ？　なんだよ！」

男たちは慌てて手を離し、舌打ちをして逃げだした。

男の手が離れた瞬間、あたしの力も抜けて、ヘナヘナとその場に座りこんだ。

「大丈夫？」

駆けよってくれた大西さんはしゃがみこんで、あたしの背中に手を伸ばす。

「あの、おまわりさんっていうのは……」

「あっ、あれ、マンガとかでよく見るやつをマネして言ってみたんだけど、本当にきくんだね」

そう言いながら、へへっと大西さんは笑うけど、その笑顔に胸がズキンと痛んだ。

だって……。

「どうして助けてくれたの……」

あたし、あんなにひどいことを言ったのに。

まだ謝る前で許されてもいなくて、いい気味だって、そう思われても仕方ないはずなのに……。

「放っておけるわけないじゃん！　つれていかれたら、なにされるかわからなかったよ!?」

大西さんの言うとおりだ。すごい強い力で、正直とても怖かった。

「っ、ありがとう……」

小さな声でそう告げたあたしに、大西さんは「うん」とうなずいて、微笑んだ。

「でも、なにもなくてよかった」

大西さんの助けにより男たちは立ち去ったけど、念のため人どおりの多い広場まで移動した。

犬の散歩をする人や、走りまわる子どもたち。目の前に広がるなんでもない光景に、心底ホッとする。

しつこいナンパには今までも遭《あ》ったことがあるけれど、たいていが街中か人が大勢いる場所で、今日みたいに本気で身の危険を感じたことはなかった。

「あたしもこんなところに呼びだしちゃってごめんなさい。どこかお店にしてもよかったんだけど、持ちこみはやばいかなぁと思って……」

そう言って、大西さんは膝の上に置いた紙袋から、なにか取りだした。

見てみるとそれは、小さなケーキ箱。

「自信はないんだけど……」

言いながら箱の口を開け、あたしにそれを差しだす。

のぞきこんでみれば、その中にあったのは……切りわけられたシフォンケーキ。

「これ、大西さんが作ったの？」

「うん、よかったら食べてみて」

そう言われて、そっと箱の中に手を伸ばし、いただきますとつぶやいてから口へと運んだ。

見た目のとおり、ふわふわな口当たり。そして……。

「おいしい……」

「本当に？」

「うん」

お世辞じゃなく、本当に。自然と声がもれていた。

「よかったぁ」と、肩をおろす大西さん。

「前に調理部に入ってるって言ったことがあったでしょ？　それね、朝日に振りむいて欲しくて入ったんだ」

「……」

彼女の口から石丸くんの名前が出た瞬間、今までなら嫉妬して、そんな話聞きたくないって思っていただろう。

だけど今は、大西さんの話に耳をすましている。

「お菓子作りとかキャラじゃないんだけど、朝日が片想いをしてた子が調理部で……。ちょっとでも好みの女の子に近づきたくて、入ったの」

「もちろん最初は失敗ばっかりで、とても食べられないようなものもたくさん作っちゃったんだけどね」と、大西さんは恥ずかしそうに笑った。

「でもね、最近やっとひとりでも、ちゃんと食べられるようなものを作れるようになったんだ。だから……」

大西さんはパッと、あたしのほうを向く。

「まだがんばってる途中なの。蜂谷さんの言うとおり、全然つりあってないけど……。それに、マネージャーはやってないけど、サッカーの勉強だって少ししてる。そりゃあ、顔はどうにもできないけど……でも……好きだから譲《ゆず》れない！　朝日のことは譲らない‼」

気づけば広場に響きわたるくらいの大声で、大西さんは立ちあがって叫んでいた。

対するあたしはというと、圧倒されてポカンと口を開ける。そして、

「ふっ……ふふっ」

思わず笑いだしてしまっていた。

「……え、あの……蜂谷さん？」

「ふ、ごめっ……笑っちゃって」

と謝るけれど、まだ止められない。

大西さんが真面目なことはわかっている。

でも……だからこそ……。

「大西さんって、すごくおもしろい人だね」

「へっ？」

「石丸くんが一緒にいるの、なんとなくわかる。あきないだろうなぁって」

「それ……ほめてます？」

耳まで赤くしながら、疑いの目を向ける大西さんに、あたしは目尻をふきながら
「もちろん」と、うなずいた。
あたしは人を傷つけることでしか、素直になれなかった。
そんなにまっすぐではいられなかった。
……だから。今ならすごくわかる。
石丸くんが大西さんを選んだ理由。
石丸くんが大西さんを好きな理由。
「その様子だと、圭太くんからなにも聞いてないんだね」
くわしく教えてないところが、よくも悪くも圭太くんらしいなぁと思った。
「あたし、今日は謝りに来たの。前にひどいこと言っちゃったでしょ。あの時のこと
……本当にごめんなさい」
「え……」
あたしが深々と頭を下げると、面食らったような大西さんの声が聞こえた。
……そりゃあそうだ。大西さんだけじゃない。少し前の自分が今の姿を見たら、と
てもビックリすると思う。
それくらい、ありえない……けど。
「ウソじゃなくて、本当に悪かったと思ってる。あの時は石丸くんのことがあきらめ

られなくて、大西さんがうらやましくてしょうがなかった」

思い起こせば、恥ずかしいくらいに醜い自分。

「でも今は、もうあきらめたから」

今、大西さんの口から石丸くんの話を聞いても、醜く汚れた感情は出てこなかった。

本当にもう……あきらめがついた。

改めて「ごめんなさい」と頭をさげると、大西さんはポカンと放心状態といった感じで。

「そんな話だと思わなかったから、ビックリした……」

あふれるように口をついた言葉が、心の底から驚いたことを物語っている。

「じゃあ、どんな話だと思ったの？」

「てっきり宣戦布告かと……」

……宣戦布告、って。

「それ、圭太くんにも言われた」

あたしが言うと、大西さんはプッと吹きだした。

「でもよかった。安心した。さっきはあんなこと言ったけど、蜂谷さんが相手だったら勝てる気しなかったから……」

ホッと胸をなでおろす大西さん。

あぁそっか、知らないのか……。

「そんなことないよ。あたしきっぱりフラれちゃってるから」

悔しいから『二回も』とは、明かさないけど。

「石丸くんが大西さんを好きな理由、今ならわかるよ」

そう告げて、食べかけのシフォンケーキをもうひとくち。

ふんわり、とっても優しい味がする。

「おいしい」と目を細めると、大西さんは少し顔を赤くして、

「今日会った時からずっと思ってたんだけど、蜂谷さん……ちょっと雰囲気変わった、よね？」

ためらいがちに指摘された。

「え……」

そう言われても、自分ではよくわからない。

もっとも今までは、大西さんに敵意《てきい》と嫌悪《けんお》しか抱いていなかったから、そこが一番違うところだと思うけど。

「もしかして、中村くんが関係してたり……する？」

「え？」

「あっ、えっと、ごめんなさい！　中村くん自分の話ってなかなかしないから、どう

なってるんだろうって思って」

「どうなってるもなにも……」

それこそ、あたしが一番よくわからない。

付き合っているといえば付き合っているわけだけど、うわべだけ。形だけ。

そこにたしかな感情は存在していなかった。……今までは。

ただ、今は……。

「はっきりさせたいとは思ってるよ……。圭太くんのこと、ちゃんと真面目に考えたいって思って」

「すごくいい人だよ、中村くんっ！　なに考えてるのかわからないところもあるけど、優しい人だよ！」

あたしが全部、言いおわらないうちに。

ギュッとあたしの手を握って、興奮気味に大西さんが身を乗りだした。

「……」

ビックリして、パチパチと目を瞬かせると、

「わっ、ごめんなさい！」

大西さんは慌てて手を離す。

「あ、あたしがこんなこと言うのはヘンなんだけど、中村くん本当にいい人だから、

うまくいって欲しいと思ってて……」

膝の上で両手をグーにして、改まった様子で話す大西さん。

その緊張したような姿にクスッと笑ってから、

「うん、たしかに優しいね……」

あたしは小さくつぶやいた。

「蜂谷さん、思ったこと言っていい？」

「うん？」

「あたし、正直蜂谷さんのこと、すっごく苦手だった。あたしのこと見下《みくだ》してるのわかってたし、威圧《いあつ》感があって、すごくいやだった」

「でも……」と、大西さんは続ける。

「でも、今の蜂谷さんは好き。謝ってくれて、ありがとう」

あたしは目をまん丸にする。驚いたのは大西さんにじゃなく、自分に。

大西さんのこと、あんなに嫌いだと思っていたのに、ありがとうって言ってもらって、好きって言ってもらえて……うれしかった。

「もし、蜂谷さんと中村くんがうまくいったら……また、ケーキ食べに行かない？」

少し照れた様子で笑顔を浮かべて。

こんなあたしを誘ってくれた大西さんに、「ありがとう」と微笑んだ。

今日はもう会うつもりなんてなかった。

大西さんに謝罪して、その報告はしなくちゃと思ったけど、それは電話やメッセージでだってできる。

とくに急いで会うほどのことはない……はずなのに、あたしはどういうわけか今、圭太くんの学校の前にいる。

いや、べつにあたしが会いたかったわけじゃないし。

圭太くんが連絡してきたから、来てあげただけだし。

……なんて、あたしはいったい誰に言いわけをしているんだろう。

あのあと、大西さんと別れてポケットからスマホを取りだすと、そのタイミングでちょうどメッセージが届いた。

【どうだった？】

たったひとことの質問に、あたしも【謝れたよ】と返せば、それで終わった話なのだけど、

【部活終わったの？】

気づけばあたしの指は、そう返事を送っていた。

そしてその流れで、あれよあれよと会う方向で話が進み……今あたしはここにいる。

【校門の前で待ってるから】
そうメッセージを送って、スマホをポケットの中に入れた。
もうすぐ十九時。
だいぶ日が長くなったとはいえ、さすがにもう薄暗くなりはじめている。
こんな時間なのに、わざわざ彼に会いにきて。
理由はもう……なんとなく、わかっている。
『もしかして、中村くんが関係してたりする？』
思い出すのは大西さんの言葉。
そうだね……。
あたしの雰囲気が少し変わったというのなら、それは圭太くんのおかげかもしれない。
圭太くんが……。
「蜂谷！」
名前を呼ばれて、ビクッと肩を震わせた。
振り返って校内を見れば、こっちに向かって走ってくる圭太くん。
「待たせてごめん！」
あっという間に目の前まで駆けよって来た彼は、肩を大きく上下させていて。

「ううん、あたしも今来たところだったから。……っていうか、そんなに急いで来なくてもよかったのに」

「いやダメでしょ。こんな時間だし、ただでさえ蜂谷目立つのに」

と、キョロキョロとあたりを見回す。

公園で男の人に絡《から》まれた直後だから、こうして心配してくれるのがすごくうれしい。

「それで、どうだった？」

「あ、うん。ちゃんと謝ったよ」

「大西、すぐに許してくれたでしょ」

「うん」

「まっすぐで、いいやつだったでしょ」

まるですべてお見とおしといった感じで、ニッと笑う圭太くん。

「わかってるなら、今わざわざ会わなくてもよかったんじゃない？」

会いにきたのはあたしだけど、部活が終わったあとだし、これならムリして会わなくてもよかったんじゃないか。そう思って告げると。

「蜂谷の顔、見たかったから」

「っ……」

ニコッと笑って言われた言葉に息を飲む。

「さらっとそういうこと言うの、やめてくれない？」

「なんで？　明るい顔してて安心したけど」

「……」

ニコニコと向けられる笑顔から、顔をそむける。

暗くなりはじめていてよかった。だってなんだか、顔が熱い。

自分が自分じゃないみたいで、いやだ。

でも……と、顔の位置を戻そうとすると、

「蜂谷こそ、なんでわざわざ来てくれたわけ？」

圭太くんの声が先に耳に届いた。

「それは……」

あたしはゆっくりと顔を戻す。すると、ぶつかる視線と視線。

あたしがここに来た理由、それは……。

ヴー、ヴー、ヴー。

「……っ！」

静かな空間に、突然響いたスマホのバイブレーション。

ビクッとすると、圭太くんはズボンのポケットからそれを取りだして、

「ちょっとごめん」

ひとことあたしに謝ると、響き続ける電話に出た。

「もしもし。……え、あ、マジで?」

誰かと会話する圭太くん。

まいったなとばかりに頭をかく仕草から、なにかあったのかなと思う。それにしても……。

ドキドキと高鳴る鼓動。

電話がかかってきて助かったような、話すタイミングを逃したような……。

複雑な気持ちをもてあましていると、

「……わかったよ。じゃあ、今から行くから」

そう言って、圭太くんは電話を切った。

「どこか行くの?」

「あ、うん。ちょっと部室に呼ばれたから行ってくる。すぐ戻るから、待っててもらっても大丈夫?」

「うん」

あたしがうなずくと「サンキュ」と言って、圭太くんはまた校内へと走っていった。

その背中を見送ってから、あたしは再び校門の壁に寄りかかる。

「……はぁ」

なぜだかわからないけど、ため息をひとつついた……その時だった。

「あれ？　蜂谷さん？」

「……あっ！」

校門から出てきた生徒に名前を呼ばれ、目を向けると見知った人が立っていた。

「やっぱり蜂谷さんじゃん！　すげー久しぶり！」

テンション高めに話しかけてきたのは、同じ中学だった男子。

「ホント、久しぶりだね！」

思いがけない再会に、あたしも声を弾ませる。

「こんなところでなにしてんの？　あ、もしかして朝日のこと待ってんの？」

「あ、いや……うん」

中学時代の交友関係の名残りからだろう、石丸くんの名前を出されて少し気まずい。

「石丸くんじゃなくて、圭太くんを……」

自然に小声になりながら言うと、男子は少し驚いたような表情を見せた。

「あ、結局圭太のほうとくっついたんだ？」

「え？」

「男子の間では有名だったからなー。蜂谷さんと朝日と圭太のドロ沼三角関係」

「は……？」

言われていることの意味がわからない。

三角関係……って、なにそれ。

「一時はどうなるかと思ったけど、やっぱそうだよなー。朝日のほうがあきらめるタイプだよなー」

「……」

なんのことを言っているのか、さっぱりわからない。

でも、心臓がドクドクと、いやな脈打ち方をしてる。

石丸くんのほうがあきらめるタイプ……？

それってなにを……？

「それじゃあ、圭太とお幸せに」

冷やかすように笑って、男子はそのまま帰ろうとした。だけど、

「待って！」

あたしはそれを引きとめた。

「三角関係ってなに……？　石丸くんがあきらめるってなに？」

「え……いや……」

あたしの顔を見て、男子は『しまった』という表情をする。だけど、もう遅い。

「教えて」

彼の目の前に立ちはだかって、問いただした。

「ごめん、ちょっと遅くなった！」

圭太くんが校内へと戻ってからどのくらいだろう。

よくわからないけれど、再び現れた彼はあたしの肩をポンッと軽く叩いた。

「……蜂谷？」

返事もせずうつむいたままのあたしに、圭太くんが問いかける。

「本当……？」

あたしは小さくつぶやいて、肩にかけたカバンの持ち手を、ぎゅうっと握りしめた。

「なんのこと？」

「……」

「蜂谷？」

さっき聞いたことが、頭の中でずっとグルグル回っている。

あたしはゆっくりと顔を上げて、圭太くんを見る。

「石丸くんが、あたしのことを好きだったって本当……？」

「……」

「それを圭太くんが邪魔《じゃま》してたって、本当？」

さっき男子から聞きだした話。

それは、石丸くんもあたしのことを好きでいてくれたということ。

でも、圭太くんが石丸くんにあたしとうまくいくよう協力を頼んで。

石丸くんはあたしのことをあきらめた……と、いう話。

「……それ、誰から聞いたの？」

「いいから質問に答えて」

じっと真剣なまなざしで圭太くんを見る。

すべてはあたしたちが中学生の頃の話。もう三年以上も昔の話。

だけど、『ふーん、そうだったんだ』じゃ、すませられない。

だって圭太くんは、あたしの気持ちを知っていたんだから。

目をそらすこともなく、見つめ返す圭太くん。

お願いだから「ウソだよ」と、言って。

「そんなデマ、真に受けんなよ」って笑って。

じゃないと――。

「本当だよ」

「……え」

「蜂谷が朝日のことを好きなことも、朝日が蜂谷を好きだったことも、全部知ってた。

知っててわざと、朝日に蜂谷のことが好きだって言った。そうすれば、朝日が蜂谷と付き合うことはないって思ったから」

「……」

ギュッとこめていた手の力が、するりと抜ける。

ウソ……。ウソだ、ウソだよ。

だって、だったらあたしは石丸くんと……。

「両想い、だったの……？」

「……」

うつむいて、ポツリとこぼした言葉に返事はなくて。

確認するように見上げる。

「……ごめん」

圭太くんが謝った次の瞬間。

パシッ！

あたしは思いっきり、その頬をひっぱたいた。

「なんで？　なんでよっ‼」

こみあげる感情を抑えきれない。

だって、ずっと苦しかった。

忘れようとしても、忘れられなくて。

自分でもいやになるくらい、醜い感情に埋もれて。

それくらい石丸くんのことが、ずっとずっと好きだった。

……だけど。

だけどようやく、あきらめられたと思ったのに。

圭太くんのおかげで、あきらめられたと思ったのに。

そして……。

ちゃんと向きあおうと思っていたのに、圭太くんと……。

「最低っ！」

肩にかけていたカバンを圭太くんにぶつけて、あたしは背を向ける……けど、腕をつかまれ引きとめられた。

そしてそのまま校門脇の壁へと追いやられ、壁についた圭太くんの片腕にさえぎられて、逃げ場を奪われる。

息がかかるくらいの近い距離。

「悪かったと思ってる。でも、ああするしかなかったんだよ。誰にも渡したくなかったから、ああするしかなかった」

「やめて……」

そんな目で、そんなこと言わないで。

「蜂谷ならわかるだろ」

「っ、やめてよっ！」

ドンッと圭太くんを突きとばして、あたしは走りだした。

たしかにわかる。そこまでしてでも、好きな人を振りむかせたい気持ち。

あたしも同じだったから。

でも、だから——。


「っ、はっ……」

しばらく走ってから足をとめた。

膝に手をついて呼吸を整えようとするけれど、ムリ。

走っていた時よりも、どんどん苦しくなっていく気がする。

「っ、なんでよ……」

まだ中学生だったあの頃、圭太くんはいつだってあたしの味方をしてくれていたと思っていた。

それなのにどうして……っていうのは、あの顔を見ればわかる。

さっき間近《まぢか》であたしを見つめてきた圭太くんの表情は、とても切ないものだった。

まるで今にも泣いてしまいそうな顔で、痛いくらいに気持ちが伝わってきた。
……だったら、もっとうまくやってよ。
本気であたしのことを手に入れたいと思うなら、ちゃんと隠してよ。
あたしも圭太くんの気持ちに負けないくらい、石丸くんのことが好きだった。
だから、たとえ過去のことでも許せない。
本当は両想いだったのに……そう考えると悔しくて、簡単に許すことなんてできない。
……でも。
圭太くんを恨むばかりかと問われれば、それは違う。
過去のことなんて知らなければよかった。聞かなければよかった。
そしたらあたしはきっと圭太くんと——。
「ふっ……っ……」
あたしはずるずるとその場にしゃがみこむ。
あふれる涙は透明なのに、あたしの感情の色はぐちゃぐちゃに混ざりあって。
——何色なのか、もうわからない。

# 最後なんて、いや

「うわっ、前よりもっとひどい顔してる！」

マンションのドアを開けて、驚いた顔をするのは瞳。

「まぁ、とりあえず入りなよ」

「ごめん……」

あたしは言われるがまま靴を脱いで、「おじゃまします」と、家の中に入った。

Tシャツに短パン姿の瞳にとおされた場所は、リビング。

「晩ご飯は？　なにか食べる？」

問いかけてきた瞳に「食欲ない」と返事すると、「そっか」と苦笑された。

「じゃあ飲み物は？　なんでもいい？」

「うん」

冷蔵庫を開ける瞳にうなずいて、あたしはテレビの前に置かれたソファに座らせてもらう。

今までに何度もおじゃまさせてもらっている、瞳の家。

「お母さんは?」

「あー、今日は夜勤。だから泊まっていってもいいよー。明日学校休みだし」

「うん……」

泊まらせてもらうつもりはなかったけど、少し安心する。

瞳は母子家庭で、お母さんは総合病院の看護師をしている。夜勤ならつまり、顔を合わせなくてすむということ。

瞳のお母さんは好きだけど、さすがにこんな顔は見せられない。

もっとも、自分の親にすら見られたくないから、こうして瞳の家に来たわけで。

「……で、そんなに泣き腫《は》らしてなにがあったわけ?」

テレビ前のローテーブルにジュースの入ったグラスを並べ、隣に座った瞳はタオルに包んだ保冷剤を差しだしてくれた。

「ありがと」と、短くお礼を言って、あたしは自分のまぶたにそれを押しあてる。

ひんやりして、気持ちいい。

自分でも腫れぼったく重く感じていたまぶたが、すうっと軽くなるような気がする。

こんなになるまで泣いておきながら、「なんでもない」じゃすまされない。

「……両想いだったみたい」

「誰と?」

「石丸くんと……」

あたしはさっきあったこと、聞いたことをゆっくり話しはじめた。

ずっと片想いだったと思っていた石丸くんと、実は両想いだったこと。……にも関わらずフられてしまったのは、圭太くんが邪魔をしていたから。

圭太くんさえいなければ、うまくいくはずだった恋……。

あたしは震えそうになる唇で、それこそ真面目に話した。瞳もうんうんとうなずきながら聞いてくれていた。……だけど。

「へー、そっかぁ……。あの人も結局、花音のことが好きだったんだ」

「んー」と伸びをしたあとに、瞳はさらりと言う。

「男子ってみんな花音のこと好きになるよねー。ちょっと顔がいいだけなのに」

「……」

この子は人の悩みを聞いていたんだろうか。

っていうか、本当に友達？

「……悪かったね」

どうせちょっと顔がいいだけですよ、と、プイッと顔をそらすと、瞳は「冗談だって」と笑った。

「冗談とか今いらない」

「わー、もう拗ねないでよー」

ゆさゆさとあたしの体をゆさぶる瞳。

こんな時に人をからかうとか、圭太くんか……って。

不意に彼のことを思い出して、再び複雑な気持ちにおちいる。

それを知ってか知らずか、

「でもさ、それだけ？　実は両想いだったってことが悔しくて、そんな顔になるまで泣いたの？」

改めて問いかけてきた瞳に、少し当惑する。

「それだけ……って？」

「うん、もちろんショックな気持ちはわかる。花音、バカみたいにあの人のことしか見えてなかったもんね」

「……」

バカみたいって、なによそれ。

「でも最近は？　あきらめついてたんじゃないの？」

「……」

瞳の言葉がグサリと突き刺さる。

たしかに石丸くんに対する気持ちは、もう過去のものにできていた。でも……。

「あー、もう！　じゃあさ、なんで今まで圭太くん？だっけ？　彼と付き合い続けてたの？」

「それは、あたしと同じだったから……」

中学生の頃から、ずっと片想いをしていた。その気持ちは痛いほどわかるから、利用するだけしておいて、ないがしろにはできなかった。

「……本当にそれだけ？」

「なにが言いたいの？」

まどろっこしくなって、あたしの顔をのぞきこむ瞳に単刀直入に答えを求めた。すると、

「圭太くんっていう人のこと、好きになってたんじゃないの？」

からかっていたさっきとは違う。

真剣なまなざしで言った瞳の言葉に、思わず息をのんだ。

だって……あたしが圭太くんを好き……？

「なんで……」

ドクドクと鼓動が速くなる。

「好きになるところなんか……」

「本当になかった？」

「……っ！」

瞳の問いかけに、きゅっと口を固く結ぶ。

意地悪だし、なに考えているかわからないし、好きになるところなんかない。

そう言い切ってしまいたいのに……浮かんでくる。

石丸くんにフラれた時、そばにいてくれたこと。

性格悪いと言いながらも、あたしを否定せず話を聞いてくれていたこと。

あたしなんかと一緒にすごすために、興味のない映画を観て、デートプランを考えてくれていたこと。

そしてなにより……こんなあたしを、好きだと言ってくれたこと。

「どう？　これでもまだ好きじゃないって言いはる？」

「……」

「本当は好きだからショックだったんでしょ？　好きになっていたから、裏切られてたことがショックだったんでしょ？」

悔しいけれど、言い返せない。

瞳に言われて気づくなんて、そんな……。

「はじめは私も花音が初恋の人とうまくいけばって思ってた。でも、圭太くんと一緒にいるほうが、自然体でいいなって思ったよ」

ポンポンッと瞳が軽く頭をなでる。

あたしは膝を立てて、そこに顔を埋めた。

「……瞳のくせに、わかったようなこと言わないでよ」

「うわっ」

悔しい、悔しい、悔しい。

いつも頼ってくるばかりの瞳に、自分の気持ちを思い知らされたことも。

よりによって圭太くんのことを好きになっちゃったことも。

本当に悔しいし、ありえないことばかり。

でも、一度気づいてしまうと、あふれるように想いがわきあがってくる。

鼻の奥がツンと痛くて、苦しい。

いつの間にかこんなにも……圭太くんのことを好きになっていた。

「瞳……」

「ん？」

「あたし、どうしたらいい……？」

えらそうなことを言っておきながら、あたしは瞳に問いかける。

すると、瞳はフッと笑って。

「それはさすがにわかってるでしょ？」

「花音には一番難しいことかもだけど」と、くしゃくしゃとあたしの髪を乱暴にかきまわした。

「なによそれ……」

ここぞとばかりに子ども扱いする瞳に口をとがらせる。

だけど、ズンと重かった気持ちは少し軽くなった気がした。


結局、昨日はあのまま泊まらせてもらった。

話していたら、すっかり遅くなってしまったのと、目の腫れもなかなか引かなくて。

そして翌日、瞳のお母さんが仕事から帰ってきてから、あたしと瞳は一緒に家を出た。

今日は土曜日で、学校も休み。

気晴らしに少し遊びにいこうと誘ってくれたのだけど……。

「さーて、なにをおごってもらおうかなー?」

ふふふんと自己流の鼻歌を歌いながら、機嫌よく瞳が言う。

おごってもらおう……って、もしかして。

「あたしに?」

「あったり前でしょー！　昨日あんなに付き合ってあげたんだし、ね?」

満面の笑顔に、あたしは「うっ……」と、言葉を失う。

たしかに聞いてもらった……けど。

「なににしようかなー？　クレープもいいし、最近暑いからふわふわのかき氷もいいよね」

すっかりその気になって、あれもこれもと片っ端からスイーツの名前をあげていく瞳。

あたしはため息をつきながらも、「ひとつだけにして」と観念すると、瞳は「やった！」と勝ち誇ったように笑った。

「でも、本当にいいの？　会いに行かなくて」

誰にっていうのは、圭太くんに。

遊びに誘ってくれたのは瞳だけど、その前には「会いにいってみたら」と、うながしてくれた。でも……。

「どんな顔してなにを話せばいいか、わかんないし……」

瞳に話を聞いてもらったことで、改めて自分の気持ちに気づいて、なにか吹っ切れたような気持ちになった。……だけど、それとこれとは別。

「そうやってモタモタしてる間に、ほかの人に盗《と》られちゃっても知らないんだからね？」

「圭太くんのことなんて、誰も盗らないから」

……と、言ってはみるけど、あの人、思っていたよりかなりモテるんだっけ。

「と、とにかく今はいいから！　ほら、早く来ないとおごらないよ⁉」

足を止めた瞳を手招きすると、渋々といった様子でまた歩きだした。

もう、おごって欲しかったんじゃなかったの？

心の中で瞳にそう思いながら、本当は自分でもわかっている。

瞳の言うとおり、会いにいったほうがいいこと。

圭太くんは、あたしのことが好きで、あたしも圭太くんのことが好き。

だから、あたしが告白すればいいだけの話……なんだけど。

今さらどんな顔して好きって言えばいいのか、わからない。

きっと圭太くんは、あたしが自分のことを好きだなんて、これっぽっちも思っていなくて。昨日もあんなふうに逃げてきちゃったし、石丸くんのことがまだ好きなんだって、思われているに違いない。

それなのに、どういう流れで好きって言えばいいのか……。

とりあえず、もう少しだけ。もう少しだけ考える時間が欲しいって思っていた。

「……で、なににするか決めたの？」

遊び慣れた街中に出てきて、あたしは瞳に問いかけた。

なんだかんだでもうすぐ十一時。ほとんどのお店が開いているから、すでに人の姿も多い。

「そうだなぁ……。あ、とりあえず先に靴見にいってもいい？　新しいサンダルが欲しいんだよね」

あたしが『いいよ』と返事するより先に、歩きだした瞳。

「待ってよ……って、わっ！」

追いかけていこうとしてすぐ。急に立ちどまった瞳にぶつかった。

「もぉ……なに？」

ぶつけた鼻を押さえながら瞳の前を見て、「あ……」と声をあげる。

あたしたちの前に立っていたのは、瞳につきまとって、さらには石丸くんによけいな告げ口をしてくれた……リョウくん。

「久しぶり」

「……」

あたしたちと同じく、初めこそ驚いた顔をしていたリョウくんだったけど、なにか思いついたようにフッと笑う。

なんだろう、すごくいやな感じ……。

瞳も同じことを感じたのか、「花音、行こう」と彼を無視して通りすぎようとした。

だけど、

「待てって」

瞳の腕をつかんで引きとめる。

「おまえのせいでいろいろと台なしなんだけど」

「は？」

「襲われただのなんだのって、ヘンなウワサ流しやがって」

「……っ！」

いやな予感が確信へと変わる。

リョウくんは憎しみに満ちた目で、瞳をにらみつけていた。そして、

「ちょっと来いよ」

「やっ、やめてよ！」

瞳の腕をひっぱって、無理やり連れていこうとする。

あたしは即座に――。

「……っ‼」

手に持っていたスクールバッグで、リョウくんの頭を殴《なぐ》っていた。

昨日、学校が終わってそのままの荷物。教科書やノートでそれなりに重く、衝撃は

充分だったと思う。

頭を押さえながら、声にならない声をあげるリョウくん。

今のうちに逃げようと、瞳の手を取ろうとするけど、

「おまえっ……‼」

怒ったリョウくんが拳《こぶし》を振りあげる。

次の瞬間には勢いよくそれが降ってきて……、あたしは反射的にギュッと目をつむった。

……だけど、あれ？　痛くない？

少しおびえつつも、そーっと目を開けてみる。

すると、あたしのすぐそばに立っていたのは……。

圭太くん……？

驚いて目をパチパチさせる。

どうして圭太くんが……？

夢でも見ているんじゃないかと思ったけど、目の前の彼の姿ははっきりとしていて。

あたしに降りおろされるであっただろう腕を、つかんで止めていた。そして、

「なに女に手ぇあげてんだよ」

今までに聞いたことがないくらい、冷たい声。

「な、なにってこいつが先に殴ってきたんだろ!?」

「その前におまえ、その子を無理やりひっぱってたじゃん」

「なっ……」

「そんなだから、だっせーフられ方してウワサになるんだよ」

「……っ!!」

　圭太くんの言葉に顔をまっ赤にしたリョウくんは、つかまれた腕を勢いよく振りほどき、その拳を圭太くんへと向けた。

　反射的にあたしは目をつむる。だから、なにが起こったのかよくわからない。

　目を開けた時には、リョウくんが尻もちをつく形で地面に手をつき、痛みに顔をゆがめていた。そして、

「こっの……!」

　再び圭太くんに向かって立ちあがる……けど、

「君たち、こんなところでなにケンカしてるんだ!」

　通行人のおじさんが止めにはいってくれた。

　事情を説明すれば、三対一でリョウくんが悪いということになる。分が悪いからか「くそっ」と言い捨てて、リョウくんは逃げるように背を向けた。

　その姿にあたしと瞳はホッと、胸をなでおろす。

「ありがと……」

気まずい……けど、とりあえずお礼を言わなくちゃ。

そう思ったあたしは圭太くんに目を向けて、ギョッとした。

「圭太くん、血！　口もとから血が出てる！」

「ん？」

首をかしげ、手でふれて確認する圭太くん。

「あぁ……いつの間に」

「ちょっと待って」

あたしはポケットからハンカチを取りだし、血が出ている部分にそっとあてる。

口の端が少し切れちゃってるみたい……。

「これくらい大丈夫だよ」

シュンとしたあたしの様子に気づいたのか、「だから気にすんな」と笑う圭太くん。

だけどそんなわけにはいかなくて、ふるふると首を横に振る。

圭太くんがケガをしてしまったのは、まぎれもなくあたしのせい。

本当なら、あたしが殴られるところ……だったのに。

「……瞳、ごめん。おごる約束、また今度でもいい？」

圭太くんのケガを見て、同じように眉をハの字にさせていた瞳。

「え？　あ……うん！」

あたしの言葉にピンときたみたいで、大きくうなずいてくれた。

「友達、よかったの？」

圭太くんの言葉に、無言でコクンとうなずく。

あれから瞳と別れたあと、ドラッグストアで消毒液とガーゼとばんそうこうを買って、あたしは近くのベンチに圭太くんを座らせた。

瞳なら「会いにいかなくていいの？」って言ってくれていたくらいだから、大丈夫。

まあ、おごるものがひとつくらい追加されてしまいそうだけど。

でも、今はそれよりも……。

「どうしてあんなところにいたの？」

まさか今日、あのタイミングで圭太くんに出くわすなんて想像もしていなかった。

購入したガーゼに消毒液を吹きかける。そして、

「ちゃんと話をしようと思って蜂谷ん家行こうとしてたんだ。そしたら、友達と歩いてるの見かけて……って、った……」

切れたところにガーゼをあてると、しみたみたいで圭太くんは顔をゆがめた。

「ごめん、痛かった？」

慌てたあたしは手を離す……けど、その手を圭太くんはパッとつかんだ。

「いや、大丈夫。それより中学ん時のことだけど……ごめん。蜂谷に再会して、ちゃんと話さなきゃいけないと思ってた」

「でも……」と、言葉をつまらせる圭太くん。

その顔はあの時と同じ。

あたしに『俺にすれば』って言ってきた、あの時と……。

「もういいよ……」

あたしは小さく返事する。すると「え……」と声をあげ、圭太くんはあたしの手を離した。

本当にずるいな……圭太くんは。

そんな切なそうな顔をされたら、責められないじゃん……。

「そのことは、もういいから……」

圭太くんがいなかったら、あたしは石丸くんと付き合えていたのかもしれない。

あたしの初恋は実ったのかもしれない。

そう考えたらやっぱり悔しいし、圭太くんをまったくうらんでいないと言ったらウソになる。

でも……知っているから。

圭太くんがそのことでずっと苦しんでいたこと。

あの日、あたしが石丸くんに最初にフられたあの時、心の隙間に入ってこようとしなかったのは、だからでしょ……？

本当は優しい圭太くん。石丸くんのことも大事に思っていて。

だから、自分のしてしまったことを、ずっと後悔していたんでしょ……？

あたしは静かに微笑んで、圭太くんに手を伸ばす。

ふれたのは、口もとの傷。

「蜂谷……？」

目の前には、驚いた圭太くんの顔。

あたしってば、いつの間に。

いつの間に、こんなに圭太くんのことを好きになっていたんだろう。

どんな顔をして会えばいいのかわからないとか思っていたくせに、目の前にいる圭太くんのことが愛おしくて、作った笑顔が崩れる。

そして、涙がこぼれ落ちた……瞬間。

「そんな顔されたら、我慢できなくなる」

あたしは圭太くんに抱きしめられていた。

トクントクンと聞こえる心臓の音に、ドキドキする。

あたしのことを想ってくれている、大好きな人の鼓動。

その大きな背中にそっと手を回すと、ビクッと小さく圭太くんの身体が跳ねた。

「……蜂谷、だから我慢できなくなる」

「うん、いいよ」

「は……マジで言ってんの？」

さすがに信じられなかったのか、圭太くんはパッと身体を離してあたしの顔を見た。

そして、

「じゃあ、最後にもう一回キスさせて」

きっと冗談半分のつもりだったんだと思う。

真面目な顔をしつつも、あたしの反応を確かめるように言ってきたから、

「いいよ」

あたしはふっと笑って、圭太くんの顔に自分の顔を近づけた。

ふわりと軽くふれあった……唇。

「な……」

目を開けると、顔をまっ赤にして口をパクパクさせる圭太くんがいた。

思い返せば、片想いをしていた〝過去〟はつらい。

でも、圭太くんと一緒にいる〝今〟は悪くない。

圭太くんに恋をしている今の自分、嫌いじゃないから――。

「……最後なんて、いや」

# ずっとそばにいて

「花音、花音！　今日これから西高《にし》の人たちと遊ぶんだけど、ついてきてくんない？」

放課後。カバンに荷物を詰めこむあたしに、そう声をかけてきたのは瞳……　ではなく、クラスメートのほかの女子。

「あ、ごめん。あたし今日は……」

「ダメだよねー。っていうか、花音はもうずっとダメだよね」

断わろうとしたあたしの代わりに、話に割りこんできて断ったのは、今度こそ瞳。

「え、なに？　どういう意味？」

「そ、れ、は……」

「あ！　もしかして彼氏!?　彼氏ができたの？」

人の机をバンッと叩いて、乗りだしてくるクラスメート。

「え？　花音に彼氏？　それって本気の？」

「どんな人？　やっぱり超絶イケメン？」

あたしはなにも言っていないのに、恋バナとウワサ好きの女子たちがあっという間に集結して、話を勝手に進めていく。

「……」

無言で瞳をにらみつけると、わざとらしくそっぽを向かれた。

「瞳……」

今日の数学の課題、見せてあげなかったことを絶対根にもってるでしょ?

そう言おうとしつつ、口を閉じる。

まぁいいや。よけいな雑談をしているヒマはない。

ガタンッとそのまま立ち上がると、周りのクラスメートたちが「花音!?」と、回答を求める声をあげた。だけど、

「ごめんね、時間ないから」

「……」

にっこりと笑顔を浮かべて言えば、無言の圧力というもの。

「それじゃあ、バイバイ。……瞳、覚えておきなよ」

笑顔のまま手を振って背を向けると、うしろから「こっわ」と瞳の声が聞こえた。

怖いのはどっちだ。あんなこと言ってくれちゃって。

今日のところは逃げたけど、明日になればまた誰かが聞いてくるんだろう。

「はぁ」とため息をつきながら、あたしは足早に校舎の階段を下りた。

そして下駄箱で靴をはきかえ、外に出ようとした時。

ヴーヴーと、ポケットのスマホのバイブレーションが短く響く。

誰からだろうと見てみれば、瞳からのメッセージ。

【いってらっしゃい。今日こそ伝えなよ！】

それから続けて送られてきたのは、ちょっと気持ちの悪いクマが手を振っているスタンプ。

……いや、まずさっきのことを謝ろうよ。

心の中で瞳にそうツッコんでから、あたしはフッと笑って。

あっかんべーをしているウサギのスタンプをひとつ返した。


太陽はもう沈む方向へ一直線……のはずなのに、まだまだ青空高くにあって暑い。

七月のジリジリと肌を刺すような日差しのなか、あたしはある場所の前にいた。

通ってはいないこの学校に、今まで何度来たかはわからない。

パラパラと生徒たちが門の外へと出てくる。あたしはチラッと校内をのぞいて、彼がまだこっちに来ていないことを確認すると、背中を壁へとあずけた。

こうして待つのは何度目になるかな。

初めてここに来た時は、違う相手に会いにきたのに……。

あの時はまさか、こんな展開になるなんて思ってもみなくて。

自分自身の感情の移り変わりに、驚かずにはいられない。

それにしても……と、再び門の中を見る。

今日は部活がないと言っていたから急いで来たのに、遅い。

なにか用事でもできたのかな？

念のため連絡してみようかと、スマホを取りだそうとした……その時。

「あれ？　蜂谷さん？」

あたしの名前を呼ぶ声が聞こえて、パッと振り返る。

すると、門から出てきたのは大西さん……と、その隣には石丸くん。

「あ、やっぱりそうだ！　どうしたの……って、中村くんか」

こっちに駆けよってきて、にこりと笑う大西さん。

いろいろあったけど、こうして普通に笑顔を向けてくれることがうれしい。

「中村くんならさっき廊下で会ったよね」

「あぁ、もうすぐ来ると思うけど」

振り返って同意を求めた大西さんに、石丸くんはゆっくり歩いてきてうなずく。

「あたし電話してみようか……って、あ！　スマホ教室に忘れてきた！」

スカートのポケットに手を突っこんで、焦ったような声をあげる大西さんに、石丸くんはひとこと「バカ」と返す。

「ひっどい！　ちょっと取ってくるから待っててよ!?　先に帰らないでよ!?」

「あー……はいはい、帰るかもな」

「ちょっと！」

なんだかコントを見ているみたい。

何度も何度も帰らないように確認して、大西さんは急いで校内へと戻っていった。

その様子にあたしはクスクスと笑っていたのだけど……あれ？　ちょっと待って。

必然的に取り残されたのは、あたしと石丸くんのふたり。

それに気づいた瞬間、背筋が伸びる。

そっと石丸くんのほうを見れば、視線がぶつかって、ドキッと胸が高鳴った。

同時にきゅっと胸の奥が狭くなるような感情が押しよせる。

……懐かしくて、切ない。

「久しぶり、だね」

いつからかと言えば、放課後にダブルデートをした、あの日以来。

「えっと……」

予想もしていなかった突然の展開に、どうしたらいいかわからず言葉をにごす。

ここはやっぱり謝るべき……なのかな。

ダブルデートのあの時のこと、大西さんには謝罪したけれど、石丸くんにはなにも言っていないから。

でも、今さらそんな話をして蒸し返して、またなにか企んでいると思われてしまうのもいや。

「……蜂谷」

なかなか決まらない言葉にためらっていると、石丸くんのほうが名前を呼んで。

「アイツがさ……ひかりが、すっげー喜んでた。蜂谷とちょっと仲良くなれた気がするって。だから、これからも仲良くしてやって」

そう言って、ふっと優しく微笑んだから、胸がいっぱいになった。

そうだ……石丸くんはこんな人だった。

いつもさり気なく人の気持ちをくんで優しくしてくれる。

……そういうところが、好きだった。

「もちろんっ……！」

大きくうなずいて返事したあたし。

石丸くんは一瞬面食らったような顔をしたあと、「ふはっ」と笑った。そして、

「蜂谷って、最近雰囲気変わったよな」

「え……？」

「なんていうか、明るくなった気がする」

微笑んで言われた言葉に、あたしはキョトンとした。

そういえば、大西さんにも同じようなことを言われた気がする。

明るくなった……か。

「そうだね……一緒にいる人のせいかもね」

心の中に、ある人を思い浮かべて言うと、同じことを考えていたのか「かもな」と、石丸くんも苦笑した。

「でもさ、それは石丸くんも一緒でしょ？」

こっちに向かって一生懸命走ってくる女の子。その姿を見つけて問いかけると、

「……だな」

石丸くんはため息まじりにうなずきながら、幸せそうに微笑んだ。

「お、お待たせっ！　疲れたぁ……って、なに？　なんでふたりとも笑ってんの⁉」

肩を大きく上下させ、息を切らす大西さん。

「あっ、さては朝日がヘンなこと言ったんでしょ？」

「さぁな」

「うわ、絶対言ってるよこれ！　蜂谷さん、なに聞かされたの？」

「えっとね……」

ずいっとつめよってきた大西さんに、あたしは答えようとする……けど、

「いいから行くぞ。圭太だってもうすぐ来んだろ」

石丸くんはあたしから引きはがすように、大西さんの頭を引きよせた。

少し照れたようにも見える、慌てた石丸くんの顔。

大西さんに出逢って変わったと言われるのが、恥ずかしかったのかもしれない。

「あ、うん……さっき玄関で友達と話してたから、もうすぐ来ると思うけど……」

石丸くんにふれられたからだろうか、大西さんも頬を赤く染めていて。さっきまでの勢いも心なしかなくなった気がする。

本当に好きなんだな……って、改めて実感する。

大西さんも、石丸くんも、相手のことが。

「それじゃあ」と、石丸くんは大西さんを引きよせたまま、背を向けようとして。

「蜂谷さん、またね！」

大西さんは明るい笑顔で手を振ってくれた。

「うん、ありがとう」

あたしも微笑んで手を振り返す。するとそれを見て、石丸くんも微笑んだ。

優しいその笑顔は、初めて恋をしたあの時と同じ。

こんなあたしに相変わらず優しくしてくれて、本当にありがとう。

そして、

「さよなら……」

中学時代のあの日、ハチミツ味のキャンディからはじまった、あたしの初恋。

好きで、好きで、仕方なくて。

フられても、離れても、忘れられなかった。

自分でもどうしていいかわからないほど苦しくて、きっと一生この想いからは逃れられないんだと思っていた。

寂しいような、切なさはある。

だけど、胸をぎゅうっと締めつけて、息ができなくなるような痛みはもう……ない。

優しいあなたが好きだった。

あたしを救ってくれた、そのさり気ない優しさに惹かれた。

あなたと結ばれるという結末は迎えられなかったけど、今のあたしは幸せで、出逢ったことに、恋をしたことに、後悔なんてしていない。

ありがとう、あたしに恋を教えてくれて。

ありがとう……って。

「なーに朝日見てうれしそうな顔してんの」

その言葉と一緒に、コツンと軽く頭を小突かれたような衝撃を受けた。

振り返って見上げてみると、あたしのうしろに立っていたのは……圭太くん。

「いつの間に！　っていうか、うれしそうな顔なんか……！」

「してたよ。すっげーしてた」

「してないっ！」

白い目をこっちに向ける圭太くんに、あたしは思わず赤くなって否定する。

てかなんで、あたしが悪いことをしていたみたいな空気になってんの。

「それより遅すぎなんだけど！　会おうって誘ったの圭太くんなのに、待たせすぎ！」

そう反論すると、圭太くんは少し不機嫌そうな顔をして、

「……まぁいいや。行こう」

スタスタと先に歩きはじめた。

「あ、ちょっと待ってよ！」

あたしは慌てて彼のあとを追いかける。

「どこか行くの？」

「ちょっとね」

問いかければ答えてくれる。だけど、その返事は明らかに素《そ》っ気《け》ない。

いつもならウザったいくらいに話しかけてくるのに、おかしい。

もしかして本当に怒ってるの……？

ほぼ無言で歩いていく圭太くん。そんな態度をとられたら、あたしだってしゃべりにくい。


とくにこれといった会話もないまま歩いて、連れていかれた先は駅だった。そして、

「はい」

「え……」

圭太くんは切符を二枚買って、一枚をあたしに手渡す。

「どこに……」

行くのと聞こうとしたのに、顔をあげた時には背を向けられていた。

「……」

なんでそんなに怒っているのか、理由はわかっている。

たぶんさっきの、石丸くんのことで圭太くんは嫉妬しているんだ。

大西さんだって一緒にいたのに、それなのに嫉妬して怒るとか意味わかんない。

でも、あたしがいけないのも自覚してる。

まだ……言ってないから。

自分の今の気持ち、圭太くんに伝えていないから……。

それらしいことを言ってみたり、それらしい態度をとったりはしてる。

だけど、はっきりと言葉にはしていない。

そろそろちゃんと言わなくちゃと思っているし、瞳にだってそう言われたけど……。

「……蜂谷？」

あとをついて来ていないことに気づいた圭太くんが、振り返ってあたしの名前を呼ぶ。

「……帰る」

「え？」

「帰る」

あたしはツカツカと歩いていって、圭太くんに切符を押しもどすと、そのまま帰ろうとした。

だけど、圭太くんが腕をつかんでとめる。

「いきなりなんで」

いきなりなんで……？

それはこっちのセリフだと、あたしは圭太くんをにらみつける。

「圭太くんが勝手に勘違いして怒ってるからじゃん！」

「え……」

違うなんて言わせない。

駅に来るまでの間ずっと、圭太くん苦しそうな顔をしていたから。

「あたしもう、石丸くんのことはなんとも思ってない」

だから、そんな悲しそうな顔しないでよ。

「今は圭太くんのことが……好きなのに」

……言った。とうとう口にした、あたしの気持ち。

「……は？」

目をまん丸にして、信じられないといった顔をする圭太くん。

その瞬間、腕をつかんでいた力がゆるむ。

——もう、なんでよ。

「だから、好きだって言ってんの！　それなのに、勝手に勘違いしちゃって嫉妬とかして、バカじゃないの？」

ボスッと圭太くんの胸もとを叩いて、あたしは彼に背を向けた。

そのまま、スタスタと歩きだす。

こんなふうに告白したかったんじゃないのに。

バカじゃないのとか、勢いで発してしまった言葉には後悔しかない。

でも……圭太くんがいけないんだよ。

あきらめたって何度も言ってるのに、いまだにそんな切ない顔をするから。

あたしの気持ち、勝手に決めつけるから――。

「……蜂谷！」

パシッと腕をとられ、再び引きとめられる。

「なに」

ふてくされて返事するあたしは、本当にかわいくない。

「悪いけど、もう一回言って」

「は？」

「もう一回」

いったい何回言わせるの？

「だから、圭太くんのことが好きだって！」

なかばヤケになって、三度目の告白を言いはなった……瞬間。

「……っ！」

あたしは圭太くんに、抱きしめられた。

「ちょっと！　ここ駅だから！」

周囲の視線が集まるのを感じて、あたしは圭太くんの身体を離そうとする。

だけど、それに反してギュッとさらに強くなる力。

「圭太くん……？」

少し違和感を感じたあたしは、彼の名前を呼んでみる。すると、

「ごめん、離してあげられない」

小さく聞こえた声に、息をのんだ。

だって……。

「泣いてるの……？」

「まさか」

圭太くんは即答したけれど、その声もあたしには震えて聞こえた。

「……ずるい」

本当に、いつもずるい……。

怒っていたはずなのに、こんなんじゃもう怒れないじゃん。

「絶対好きにさせるとか、強気なこと言ってたくせに……」

圭太くんにだけ聞こえる声でボソッとつぶやけば、フッと笑った息が耳に届いた。

「言ったなぁ、そんなこと。でもまさか、本当にそうなってくれるとは思わなかった」

「なにそれ……」

「だってさ、ずっと蜂谷のこと見てたから。中学ん時からずっと」

「……」

圭太くんが言わんとしていることは、説明されなくてもわかった。

あたしがずっと石丸くんのことを想っていたから……だから。

圭太くんもあきらめようとして、あきらめきれなくて。

中学生の頃から、ずっとずっと苦しい片想いをしていたんだ……。

ああもう、ますます怒れなくなってしまう。

これも策略……？

そう思いながら、もうなんでもいいやとあたしは思った。

もうなんでもいい……。

「今は圭太くんのことが、一番好きだよ」

さっきとは違って、優しく伝えた。

これでもう四回目。

石丸くんに伝えた『好き』の数を、塗りかえてゆく。

言葉の数だけじゃなく、気持ちも。

誰よりもあたしのことを想ってくれる、そんな圭太くんのことが、一番好き――。

「ほん……っと、恥ずかしかった‼」

電車に揺られながら、あたしは隣に立つ圭太くんに当てつけるように言った。

それなりに人どおりの多かった駅の構内で、抱きあって告白なんかしてしまったあたしたち。

あえて気にしないようにしていたけれど、視線が突き刺さるように痛かった。

「もし知りあいに見られてたら、もう生きていけない……」

思い出して、顔をまっ赤にしてうなだれるあたしに対し、

「なんで笑ってんのよ……？」

隣の圭太くんは、さっきからずっとクスクスと笑っている。

「ごめんごめん、蜂谷があんまり恥ずかしそうだからおかしくて」

「はぁ⁉　圭太くんはあんなの見られて恥ずかしくないの？」

「まぁ、蜂谷が俺のものになったっていうのがみんなに証明できて、むしろうれしいかな」

満足そうに、さらっと言ってのける圭太くん。

「なっ！　意味わかんない！」

あたしはさらに顔を赤らめて、プイッと顔をそむけようとした。だけど、

「ごめんって」

そう言って、圭太くんはあたしの手をぎゅっと握った。

「……」

晴れて本物の恋人同士になったあたしたち。

温かい彼の手を振りほどく理由はもうなくて、あたしもその手を握り返す。

「……で、どこに行くの？」

恥ずかしさをごまかすように聞いてみる。

なんだかんだで結局行き先を聞けていないままだった。

もちろん、もう圭太くんは怒っていないけど、

「着いてからのお楽しみ」

にっこり笑って、教えてはくれなかった。


電車に揺られること数十分。

圭太くんに言われるがまま電車を降りて、やってきた先は緑、緑、緑。

ここは……。

「やっぱりちょっと早かったかな」

目の前の光景を見て、少し残念そうな圭太くん。

圭太くんがあたしに見せたかった理想の姿じゃないことはわかるけど、ところどこ

ろに咲いた花からここがどういう場所なのかはわかる。

一面に広がる緑の中に、幼い頃から親しみ慣れた黄色い花。ここは、

「ひまわり畑……？」

あたしがつぶやくように言うと、圭太くんはうなずいた。

「友達に聞いて来てみたんだけど、やっぱちょっと早かったな。でも、せっかくだから歩いてみる？」

そっと差しだされた手を、あたしは「うん」とうなずいてつなぐ。

そうして、圭太くんと一緒に、ひまわり畑に入った。

あたしの身長……とまではいかないけれど、近いところまでぐんぐんと伸びたひまわり。いくつかは花開いていて、そこであたしは足をとめる。

「かわいい……。でも、どうしてひまわり畑なの？」

満開ならわかる。でもまだ咲きはじめといったところで、今日急いで来る理由はなかったはず。

不思議に思って首をひねると、

「蜂谷にぴったりの花だと思ったから」

やわらかく微笑んで言った圭太くんに、あたしは目をパチパチとさせた。

「あたしにぴったり……？」

「そう。だから、ここでもう一回告白しようと思ってたんだ」

「まあ、蜂谷に駅で先越されちゃったけど」と、続けて苦笑されて、あたしは恥ずかしさからカアッと顔を赤らめる。

でも、そっか……。もう一度、ここで告白しようとしてくれてたんだ……。

……それは聞きずてならない。

「……聞きたいな」

「ん？」

「圭太くんの告白、聞きたい」

わざわざ言葉にしなくたって、圭太くんの気持ちはまっすぐに伝わってくる。

でも、聞きたいと思った。

何度だって聞きたい、圭太くんの気持ち。

仕方ないなとばかりに息をはいてから、圭太くんが口を開く。

「俺は……」

つないでいないほうの手が、あたしの頬にふれて。そして、

「ひまわりみたいにまっすぐな、蜂谷のことが好きだよ」

優しく微笑んで言うと、そっと額にキスされた。

その言葉も、ふるまいも、なにもかもがくすぐったくてあたしは笑う。

今が幸せすぎて、このまま時間が止まってしまえばいいのに。
……でも、それは違うね。
あたしたち、まだはじまったばかりだから。
「俺と付き合ってくれる?」
まぶしくきらめく太陽を背にして、圭太くんが問いかける。
その姿に、ひまわりが似合うのは圭太くんのほうだと思った。
太陽みたいに明るくまばゆいその花は、圭太くんにぴったりだと。
あたしはゆっくりうなずいて、そっとかかとを上げる。
大好き。世界で一番圭太くんが好き。
だから……お願い。
「ずっとそばにいて」
風に揺れるひまわりに、ミツバチがとまる。
青空のもと、運ぶのは……甘い甘い恋の蜜。

＊end＊

ハチミツみたいな恋じゃなくても。
番外編

# 紅いろ両想い。

肌を刺すように鋭かった日差しは、いつの間にか穏やかになって。

頬をなでる風が、心地《ここち》いいと感じるようになった十月――。

昼休み。お弁当を食べおわったあたしは、飲み物を買いに中庭へと向かった。

自販機から冷たいココアを取ったところで、ブルッとスマホが震える。

なんだろうと、ポケットから取りだして見てみると、画像が一枚送られてきていた。

……八十三点。

八十三点と赤い字で書かれた、答案用紙。

「なにそれ」

のぞきこんで首をかしげるのは、一緒に来ていた瞳。

「あぁ、圭太くんか」

あたしが答えるよりも先に瞳は理解したようで、スマホから顔を離した。そして、

「相変わらず愛されてるねぇ」

冷やかすようにニヤッと笑う。

「……そういう言い方やめてくれる？」

「えー、なんで？　花音のために圭太くんがんばってるんでしょ？」

「あたしのためにじゃなくて、自分の進路のためにでしょ」

「とか言っちゃって、ちゃっかり同じ大学行こうとしてるくせにー！」

「……」

ニヒヒといやな笑い方をする瞳。だけど言っていることはまちがいではなく、あたしはぐっ……と言葉を飲みこんだ。

夏も過ぎ、圭太くんはサッカー部も引退して、あたしたち高校三年生は本格的にそれぞれの進路へと動きだした。

瞳はあんな言い方したけれど、べつに毎日一緒にいたいから……とかいう理由で同じ大学を志望しているわけじゃない。

たまたま、本当に偶然。聞いてみたら同じ大学を志望していたっていうだけ。

地元で学力を考えれば、それほどたくさんの大学があるわけでもなく、かぶってしまうのはめずらしいことじゃない……のに。

「あーあ、いいなぁ花音は」

教室へと戻りながら、瞳がため息まじりに言う。

「なんだかんだ言って、イケメンの彼氏つかまえてるし。しかも、ちょー優しいし？」

振り返って、ツンと指でふれられたのは首もと。

ブラウスのボタンを上までとめて、一応見えないようにはしているけど、ネックレスをつけていた。

八月の誕生日に、圭太くんからもらったネックレス。

「私も彼氏欲しいなぁ。ひまわり畑で告白とかされてみたい」

「それ……ちょっとバカにしてるでしょ」

恥ずかしくてジロリと瞳をにらめば、「してないしてない」と頭を横に振る。

「本気でうらやましいと思ってんの！　ほら、圭太くんなら、すっごいロマンチックなプロポーズしてくれそうだし」

「ぷ、プロポーズって……」

「あ、今ちょっと想像しちゃったでしょ？　夏は終わったっていうのに、まだまだ暑いなぁ」

パタパタとあおぐ仕草をして、ここぞとばかりにからかう瞳。

なにを言ってもムダだと悟ったあたしは、「バカ」とひとことつぶやいた。

瞳は調子に乗ってからかいすぎだけど、たしかに圭太くんはとても大事にしてくれる。

少し意地悪なところは相変わらずだけど、夏休み中に迎えた誕生日には、水族館と満開のひまわり畑に連れていってくれて、ちゃんとプレゼントまで用意してくれていたし。

同じ大学を目指していると知ってからは、勉強だってがんばっている。

さっきの画像も努力の成果が出てるって、そういうことで。

思わずのろけてしまいそうになるくらい、本当に完璧な彼氏だと思う。

……でも。

「やっば、遅くなっちゃった」

放課後。帰ろうとしていたところを担任の先生に呼びとめられて、進路のことで少し話をしていたらすっかり遅くなってしまった。

圭太くんと約束していたのに、やばい。

話が終わってからすぐに連絡して『大丈夫』と言ってくれたものの、だいぶ待たせてしまっている。

あたしは走って、待ちあわせ場所のショッピングモールへと向かった。

エスカレーターを駆けあがり、圭太くんが待っているはずのフードコートへ。

広いフロアをキョロキョロと見回すと、制服のおかげですぐに彼の姿を見つけることができた……けど。

あれ……？

イスに腰かけた圭太くんの隣に立って、しゃべっている女の子の姿に目を見開く。

圭太くんのズボンと同じ柄のチェックのスカート。

どこかで見たことのある人……と、思ったら、あの子だった。

いつだか圭太くんを呼びだしていた、後輩の女の子。

「……」

圭太くんのことを信じていないわけじゃないけれど、笑って楽しそうに会話しているふたりを見ると、なんだかモヤモヤする。

帰ろうかな……。

そう思ってあとずさりしようとした時、女の子と目が合った。

すると、女の子は慌てた様子でペコッと頭を下げて。

圭太くんにも頭を下げてなにか告げると、あたしにペコペコと二度ほどおじぎをしながら、その場からそそくさと立ち去った。

気を遣わせちゃったかな……と思いながら、圭太くんのもとへと歩みよる。

「今一緒にいた子……」

「あぁ、マネージャーやってくれてた子。たまたま会って、ちょっと話してた」

慌てることもなく、さらっと説明してくれた圭太くん。

なにか腑《ふ》に落ちないものを感じながらも、「そうなんだ……」と、あたしは圭太くんの目の前に座った。

テーブルの上に広げられていたのは、参考書にノートといった勉強道具。

「がんばってるね」

あたしが言うと、「今までサッカーばっかで、全然勉強してなかったからなー」と、圭太くんは苦笑した。

通っている学校が違うから、圭太くんの今の学力がどれほどなのかはわからない。でも、今日送られてきたテストの結果とか、聞いてる話によるとそれほど悪いというわけでもないと思う。

中学の時もそうだったけど、なんだかんだ言って勉強もそつなくこなす人だったから。おまけにサッカー部で運動もできて、気さくな性格なんだから、モテないわけがない。

それなのに……。

「……さっきの子、いい子そうだったよね」

「ん？　あぁ、いい子だけど？」

「……」

ずっと胸の奥にあった疑問が顔を出す。

いつだったか、圭太くんに『ちゃんとした彼女を作ったら？』と言ったら、はぐらかされた。

中学の頃からあたしを想ってくれていて、だから彼女を作らなかった……っていうのを、疑っているわけじゃない。

それは本当だと思う……けど。

「花音……？」

沈んだ顔をして、黙りこんでしまったあたしに圭太くんが問いかける。

聞いてみてもいいかな……。

いいよね、彼女なんだし。

「圭太くんってさ……女の子と、どこまで経験あるの？」

とうとう言った。

それは、付き合う少し前からずっと疑問に思っていたこと。

「……は？」

あたしの質問を聞いた圭太くんは、それはそれは驚いた顔をして、ポカンと口を開ける。

「だ、だって！　圭太くんってやたら女の子慣れしてるから……!!」

なんだか恥ずかしくなってきたあたしは、顔を赤くして言い返す。

ずっとずっと不思議でしょうがなかった。

女の子とちゃんと付き合ったことがない割に、デートプランは完璧だし、意地悪なくせしてさらっとうれしくなっちゃうこととか言ってくれるし。

ちゃんとした彼女を作らなくても、あれだけモテるなら恋愛ごっこはいくらでもできたはず。

「どうなの……？」

もはや開き直った感じで、挑《いど》みかかるようにして聞くと、圭太くんはキョトンとしたあと、フハッと笑った。

「言われてみれば、たしかに女慣れはしてるかも」

「なっ……」

とりあえず否定はしてくれると思っていたのに、あっさりと認められて言葉を失う。

……女慣れしてるんだ。

あたしだけって思っていたのに、違うんだ。

そう考えたとたんに気分が悪くなる。

「ごめん、あたし」

帰る、と続けて立ちあがろうとした。そんなあたしの手を、圭太くんが止めた。

「でも、花音が思ってるような女慣れじゃないよ」

「……え」

やわらかく微笑んだ圭太くんに対し、あたしは意味がわからず硬直する。

あたしが思っているような女慣れじゃないって、どういうこと……？

「知りたかったら教えるけど、どうする？」

そんなふうに言われたら、教えてと返事するしかないと思う。

「……知りたい」

あたしが真顔で答えると「じゃあついてきて」と、圭太くんは広げた勉強道具を片づけはじめた。


どこに行くのか見当もつかず、言われるがまま圭太くんについていって。

たどりついた場所は、一軒の家だった。

「ここって……圭太くんの家？」

聞かなくても本当はわかる。だって表札に『中村』って書いてあるから。

「うん、そう。俺ん家」

「おじゃましていいの？」

玄関のドアを開けようとする圭太くんに問いかけると、「花音がいやじゃなければ」

と返された。

緊張はするけど、いやなんてことはない。

「ただいまー」

「おじゃまします……」

まだなにも聞こえないけど、人の気配というものはそれとなく感じる。

お母さんでもいるのかなと、挨拶しなきゃと身構えた時だった。

バタバタと勢いよく近づいてきた足音。

上のほうから聞こえたそれは、こちらへと下りてきて……。

「お兄ちゃん！　昨日買った私のアイスだけど……って、え？」

姿を現した女の子は、言葉の途中だったにも関わらず、固まって目をパチパチさせた。

三年前まであたしも着ていた、懐かしいセーラー服。

クリクリとした大きな瞳に、耳の下でちょこんと結われた髪がかわいらしい。

そういえば、妹さんがいるんだっけ。

ふと思い出したあたしは「こんにちは」と、頭を下げて挨拶をした。

するとつられるように「こんにちは……」と、妹さんも返してくれた。だけど、

「もしかして、お兄ちゃんの彼女……？」

ポツリ、つぶやくように問いかけられた。

その顔はポカンとしていて、どこか疑っているようにも見える。

あれ……あたし、気に入られてない？

そう不安になった次の瞬間、

「彼女じゃなかったらなんなんだよ」

圭太くんが言い返して、妹さんは「えー!?」と、家中に響きわたるような声をあげた。

「うっさいから」

「だって、ありえない！　お兄ちゃんの彼女？　ウソ！　だって、美人すぎっ‼」

うるさいと言われても、とくに下がることのない声のボリューム。

よかった……気に入られてないとかってわけじゃないみたい。

「はじめまして。蜂谷花音です」

「あ、えっと、はじめまして！　妹の美希《みき》です！」

ホッとして改めて自己紹介をしたら、妹さんも深々と頭を下げてくれた。

「汚いところですが、どうぞあがってください！　お兄ちゃんの部屋とか本当に汚いですけど！」

「美希、ひとことよけいだから」

「だって本当に汚いじゃん！」

「彼女来るならちゃんと掃除しなよ！」と続けて怒られ、「はぁ」とため息をつく圭太くん。

ふたりのやり取りに呆気にとられつつ、あたしはすぐにふっと笑う。

……なんか、圭太くんのこういう姿って新鮮かも。

「とにかく、どうぞどうぞ！」

「あ、じゃあお言葉に甘えて……おじゃまします」

美希ちゃんに誘導されるがまま、あたしは靴を脱いでそろえ、家にあがらせてもらった。そして、

「まだお母さん帰ってきてないんだよね。こういう時ってなに出せばいいの？　お茶？　ジュース？」

少し慌てた様子で問いかける美希ちゃんに、圭太くんはまた小さくため息をつく。

「俺がやるから。美希は自分の部屋に戻ってろって」

「えーやだー！　お兄ちゃんの彼女さんと話したーい！」

「はいはい、またな」

ついてこようとする美希ちゃんを適当にあしらって、圭太くんはあたしの背中を押す。

二階へと続く階段を上って、一番奥の部屋の前。

「そこ、俺の部屋だから入ってて」

そう言い残し、圭太くんはあとを追ってきた美希ちゃんを無理やりひっぱり、また一階へと下りていった。

廊下に残されたあたしは……とりあえず圭太くんに言われたとおり、部屋のドアノブに手をかける。

美希ちゃんが汚いと言っていたから、不安もよぎったけど……。

「……なんだ、意外と綺麗じゃん」

そっと開けてみたドアの向こう。

圭太くんの部屋は、想像していたよりもずっと綺麗に片づけられていた。

カーテンやベッドカバーは紺色に統一されていて、壁には世界的に有名なサッカー選手のポスター。

机の上こそ勉強道具が散乱しているけれど、それは今圭太くんががんばっている証拠だと思う。

それに、それよりも――。

「……あ」

あたしは机の上のあるものが目について、声をあげる。

それは……。

「お待たせ」

手を伸ばそうとした瞬間、ガチャッと音がして肩を震わせた。

「オレンジジュースしかなくてさ、大丈夫？」

「あ……うん、ありがとう」

グラスをふたつ持って入ってきた圭太くんに、あたしはうなずきながら、さっきふれようとしたものに手を伸ばす。

「これ……懐かしい」

そう言って、あたしが手に取ったものはフォトフレームに入れられた一枚の写真。

それはあたしたちが中学三年生の時の……サッカー部のみんなで、引退前に撮った写真だった。

そこには選手だった圭太くんはもちろん、マネージャーだったあたしの姿もちゃんとある。

「ホント、懐かしいなぁ……」

今思い出しても愛おしい日々。

ふっとこぼれるような気持ちがこみあげて微笑むと、フォトフレームのうしろからひらりと、なにかが机の上に落ちた。

なんだろうと見れば……手紙。

ピンク色のメモ用紙が手紙の形に折ってあって、『圭太くんへ』と書かれていた。

「これ……」

その文字にもメモ用紙にも、見覚えがあった。

だってこれは、あたしが書いたもの。

サッカー部のみんなにひとりずつ書いて、引退する日に渡した手紙……。

確か内容は『三年間ありがとう』とか、『高校でもサッカーがんばれ！』とか、あたりさわりのない普通のことだった気がする。

書いた本人のあたしですら忘れていたのに——。

「ずっと大事に持っていてくれたの……？」

「あー……まぁ、うれしかったから」

顔を少し赤く染めて、照れた様子で頭をかく圭太くん。

「あんま見ないでくれる？　恥ずかしいから」

そう言いながら机の上を片づけようとする圭太くんの背中を……あたしは思わず抱きしめた。

その瞬間、ビクッと跳ねた圭太くんの身体。

「わ、なに？」

「圭太くん、かわいいなぁと思って」

それから……うれしくて。

あたしのこと、本当にずっと想ってくれていたんだと再確認できて、すごくうれしくなった。

「……」

照れているんだろうか、背中を向けた圭太くんから返事はない。

あたしは抱きついたまま、顔をのぞきこもうとする……と。

「……そんなこと言っていいの？」

「っ⁉」

ぐるんと突然回った視界。

気づいた時には、あたしの背中は壁にくっつくようにして、追いやられていた。

目の前には……圭太くん。

「ここ、俺の部屋だけどわかってる？」

「え……」

じっとあたしを見つめる、圭太くんの熱っぽい瞳に息をのむ。

そして、ゆっくりと近づいてきた顔に、あたしはギュッと目をつむる……けど。

バタンッ！と大きく聞こえた音。

そしてバタバタバタバタと、誰かが階段を駆けあがってくる音がして。

あたしと圭太くんは、お互いにキョトンとした顔を見あわせた……次の瞬間。

「圭太っ‼」

「っ⁉」

バタンッと部屋のドアが突然開けられ、あたしと圭太くんはパッと身体を離す。

そこに現れたのは、

「なっ！　姉貴っ？」

焦った様子の圭太くんの言葉に、あたしは目を丸くした。

お姉さん……？

パンツスーツに身を包んだ、すらりと背の高い綺麗な女の人。

姉貴と言った圭太くんの言葉どおり、あたしたちよりいくつか年上に見える。

ビックリして目をパチクリさせていると、お姉さんはズンズンこっちに歩いてきて、

「圭太の彼女？　やだウソ！　本当にかわいい……‼」

あたしの目の前で、信じられないといった様子で口をおさえた。

「あ……えっと、はじめまして。圭太くんとお付き合いをさせていただいてる、蜂谷花音といいます」

「はじめまして！　圭太の姉の美菜《みな》です！」

あたしが挨拶すると、お姉さんは目を輝かせて、あたしの手をギュッと握ってきた。

雰囲気的に美希ちゃんと同じく、気に入られてない……というわけじゃなさそう。

ひとまず、あたしはそこにホッとする。

「姉貴、仕事は？」

「そんなもん定時で終わりよ！　美希から連絡もらって飛んで帰ってきたんだから！」

「はぁ!?」

圭太くんはとても迷惑そうな声をあげる。

「ね？　お姉ちゃん！　めっちゃかわいいでしょ？」

いつの間にか美希ちゃんも入ってきて、いっそうにぎやかになる部屋の中。

「圭太なんかのどこがいいの？」

「それ美希も聞きたい！」

「おいっ‼」

あたしの前に詰めよるふたりと、焦って慌てる圭太くん。

どうしたらいいかわからずにいると、

「あ、私ケーキ買ってきたんだ！　こんなところじゃなくて、下でゆっくり話そう？」

ポンと手を打って、圭太くんのお姉さんはあたしの腕をひいて部屋から連れだした。

「花音ちゃん、また来てね」

「はい、おじゃましました」

手を振る美菜さんと美希ちゃんにおじぎして、圭太くんの家を出たのは、それから一時間ほどあとのことだった。

「マジでごめん……」

重いため息をつきながら謝る圭太くん。

あたしは「なんで？」と苦笑しながら、首を横に振った。

「ふたりと話ができて、すごい楽しかったけど」

中学二年生の美希ちゃんと、二十三歳で社会人の美菜さん。

圭太くんの制止しようとする声もむなしく、リビングに強制的に連れてこられたあたしは、いろんなことを聞かれ、話をした。

さすがに少し緊張したけれど、ふたりとも明るくいい人で、あっという間に打ち解けることができたと思う。

「あたしはひとりっ子だから、圭太くんがうらやましいな」

にぎやかだったさっきまでの時間を思い出して、ふふっと笑う。本当に楽しかった。

から。

「でも、圭太くんにふたりの姉妹がいたなんて、ビックリした」

妹さんがいるのは前に聞いたけど、お姉さんまでいるなんて聞いたことがなかった

から。

圭太くんは「あぁ……」と小さく答えると、

「あえて言わなかったんだよ。あんな姉と妹がいるとか、うるさすぎだろ」

またため息をつくように言った。

もう少しくわしく聞いてみると、昔からなにかとちょっかいを出してくることが多く、周りには姉と妹がいることを話していなかったそう。

思春期まっただなかの中学時代はとくに、しゃべらないようにしていたんだとか。

「ふーん……それなのに、今日はあたしに会わせてくれたんだ？　でも、急にどうして？」

すでに薄暗くなった道。圭太くんの隣を歩きながら、あたしが尋ねると、

「前から彼女連れてこいってうるさかったし……花音が言ったんじゃん。やたら女慣れしてるって」

言われて数秒、あたしは呆然とした。

……そうだ、言った。

圭太くんの家に行って、すっかり忘れていたけど女慣れしている理由を教えてって。

「もしかして……」

「そうだよ」

やっと気づいたあたしに、圭太くんがあきれたように笑う。

「女慣れしてるのは、姉と妹がいるから」

「あれだから、慣れないほうがおかしいだろ」と、圭太くんは続けてため息をつく。

「そういうこと……」

すべてを知ったあたしは、胸の奥がスッと軽くなったような気がした。

そっか……。お姉さんと妹さんがいるから、女の子の扱いがうまかったんだ……。

「安心した？」

ふと足を止めたあたしの顔を圭太くんがのぞきこんできて、顔を赤くする。

「べ、べつに心配とかしてたわけじゃ……」

改めて考えると恥ずかしくなって、あたしはそれまで心配していたくせに強がって歩きだそうとした。だけど、

「俺は安心したよ。花音がうちの家族と仲良くなってくれて」

圭太くんはあたしの手をとって、微笑んだ。

「……それって」

頭の中に再生されるのは、今日の瞳の言葉。

『圭太くんなら、すっごいロマンチックなプロポーズしてくれそうだし』

思い出した瞬間、ボンッと顔が熱くなる。

いやいや考えすぎ。普通に仲良くなってくれてうれしかったって意味でしょ。

そう思い直したあたしは、

「あたしも仲良くなれてよかった。圭太くんの意外な姿も見られたしね」

クスッと少しからかうように笑って、圭太くんに返した。

すると、ちょっとだけ困ったような表情をしつつ、圭太くんはもう一度やわらかく微笑んで、ギュッとあたしの手を握る。

そして――。

「じゃあ、将来も安心だな」

小さく耳もとでつぶやくと、つないだ手を引いて歩きだした。

「圭太くん……？」

「ん？」

今、将来って言ったよね？　それって……。

圭太くんの言葉に、胸の中がドキドキと騒がしい。

はっきりとした意味を尋ねようとして、あたしは「ううん」と、口を閉じた。

今はやっぱりまだ聞かない。

その時が来るのを、ずっと楽しみに待っているから。

「圭太くん……好きだよ」

そっとつぶやいてみれば、手をつないだその人の頬が少し赤くなった気がした。

そして、

「……俺も」

小さく返ってきた声に、あたしの頬もほんのりと染まる。

知らないことは、まだまだたくさんある。

だけど、こうしてお互い少しずつ知っていければいいと思う。

そして、いつの日か――。

君といつまでも、ずっと一緒に。

＊番外編 e n d ＊

# あとがき

はじめましての方も、お久しぶりですの方もこんにちは。このたびは、『ハチミツみたいな恋じゃなくても。』を手に取ってくださり、本当にありがとうございます！

もしかしたらお気づきの方もいらっしゃるかもしれませんが、この物語は以前、ケータイ小説文庫のブルーレーベルから出版させていただいた『初恋＊シュガーソルト』の関連作になります。

今作にも出てくる石丸くんの彼女……シュガーソルトの主人公・ひかりが、とっても明るく素直な主人公らしい性格で。まったく逆の、主人公らしくない女の子を書きたいと思ったのが、この作品を執筆するきっかけでした。

ひかりからすれば、めちゃくちゃ嫌な存在で、きっと悪役だっただろう花音。でも、そんな花音だって好きで悪役じみたことをしていたのではなく、純粋に恋する気持ちからそうなってしまっただけ。

かわいくないことをたくさんしてしまった花音だけど、圭太に想われ、惹かれ、新たな恋を知って、とてもかわいい女の子になった……そう思っていただければいいなと思いながら、書きました。

それから今回、文庫化のお話をいただきまして。初めて書籍限定の番外編というものを書かせていただきました！

本編も展開を一部変更しておりますが、サイトで読んでくださった方にも楽しんでいただける一冊になっていれば、とてもうれしいです！

最後になりますが、この作品を完結させるまでにかなりの時間を要しました。執筆活動から一度完全に離れたこともありました。ですが、戻ってきて、完結させることができて、本当によかったと今思っています。

今回このようなもったいないくらい素敵な機会をくださいました、担当の長井さんをはじめとするスターツ出版のみなさま。素敵すぎるイラストで、カバーと口絵マンガを手掛けてくださいました杏先生。更新を止めても、ずっと待ってくださっていた読者さま。そして、今このあとがきを読んでくださっている、あなた。

たくさんの人に支えていただき、またこのような素敵な形にしていただくことができました。感謝の気持ちでいっぱいです。本当に本当にありがとうございました！

恋する女の子の物語の結末が、幸せなものでありますように。

二〇一七年九月二十五日　Aki

この物語はフィクションです。実在の人物、団体等とは一切関係がありません。

Aki先生への
ファンレター宛先
〒104-0031　東京都中央区京橋1-3-1　八重洲口大栄ビル7F
スターツ出版（株）　書籍編集部気付　Aki先生

# ハチミツみたいな恋じゃなくても。

2017年9月25日　初版第1刷発行

著　者　Aki　©Aki 2017

発行人　松島滋

イラスト　杏

デザイン　齋藤知恵子

DTP　朝日メディアインターナショナル株式会社

編　集　長井泉

編集協力　ミケハラ編集室

発行所　スターツ出版株式会社
〒104-0031
東京都中央区京橋1-3-1 八重洲口大栄ビル7F
TEL 販売部03-6202-0386（ご注文等に関するお問い合わせ）
http://starts-pub.jp/

印刷所　共同印刷株式会社
Printed in Japan


ISBN 978-4-8137-0325-9 C0193